講談社文庫

修羅の宴(上)

楡 周平

上

目次

主要登場人物（肩書は初出時）

滝本哲夫	浪速物産社長
滝本富紀子	滝本の妻
鏑木修次郎	いづみ銀行頭取
豊島実	いづみ銀行取締役
向井嘉信	浪速物産取締役
柳田真治	浪速物産取締役東京本社代表
伊崎大吾	浪速物産財務部勤務
早坂正介	浪速物産前社長。同社個人筆頭株主
曽根文弘	飲食チェーン「鳳味亭」社長
吉田国夫	不動産会社「吉国」社長
佐伯俊輔	資産管理会社「沖田恒栄」社長
佐久間譲治	不動産会社「京華エステート」社長
真田伸吾	ブライダル会社「白鳳閣」社長
高木泰之	投資家
佐奈	銀座クラブホステス
下村桐子	料理屋「とうこ」女将

1

いづみ銀行本店は、大阪の北浜《きたはま》にある。

戦前に建てられた七階建ての社屋は、外壁の全面が竜山石《たつやまいし》で覆われ、見る者を圧倒するような威容だが、豪壮なのはあくまでも外部の人目につく部分だけでしかない。行員が働く空間は、内装、什器《じゅうき》備品に至るまで質素極まりなく、オフィスの壁は度重なる修繕で、幾重にも塗り重ねられ、大小無数の罅《ひび》が目立つ。天井からは蛍光灯がぶら下がり、廊下に至ってはその本数も減らされ、昼でも薄暗い。事務員にとって、必需品である文房具でさえ、取り換えるに当たってはペンの一本、消しゴムの一つに至るまで、台帳で管理される。

しかし、行員、一万五千余名。支店数、国内三百六十店、海外二十店。預貯金額国

内第四位の都市銀行の経営を担《にな》う役員の居室が並ぶ最上階だけは別である。

行員の間で『本殿』と称されるこのフロアは、エレベーターホールからすべて厚いベージュの絨毯《じゅうたん》が敷き詰められ、程よく光度が落とされた灯の中に、長い廊下が続く。そしてその一番奥、南東角の一等地にあるのが頭取室だ。

六十畳ほどの広さがあるこの部屋は、豪華さという意味では群を抜く。中央には革張りの豪華な応接セットが置かれ、壁面の一方に置かれた巨大なサイドボード、そして重厚な執務机はいずれもマホガニーである。土佐堀川《とさぼりがわ》を見下ろせる窓には、深紅《しんく》のビロード地のカーテンが掛けられ、暖色灯の柔らかな明りを反射して雅《みやび》な光沢《こうたく》を放っている。

「ようやった、滝本《たきもと》。上出来や！　そこに座れ」

鏑木修次郎《かぶらぎしゅうじろう》は上機嫌なようだった。

彼が褒《ほ》め言葉を口にするのは珍しい。成果を挙げた報告一つ聞くにしても、部下を机の前に立たせたまま、話が終われば「分かった。ご苦労やった」で終わってしまうのが常である。

時間の無駄ということを極端に嫌うのだ。

それが、自ら立ち上がり椅子にかけろと言う。しかも、目が笑っている。

二十年来の付き合いになるが、こんな鏑木の顔は初めて見ると思いながら、滝本哲夫《てつお》はソファに浅く腰を降ろした。

「しかし、見事なもんやなあ。三百億の累積赤字《るいせきあかじ》を抱えて、にっちもさっちも行かんようになった会社が、たった二年で赤字解消や。こない早《はよ》うに業績回復の目処《めど》が立つとは思わんかったわ。いったいどないなことをしたんや」

鏑木は、一人掛けのソファに座ると、テーブルの上に置かれたシガーケースから煙草《たばこ》を取り出し、火を点《つ》けた。

「何か特別なことをしたというのではないんです。ただ、世の中には我々が当たり前と思うてることが当たり前に行われていない会社があった。私は、これまで頭取から教えられた、銀行員としての仕事のやりかたを、実直に商社の経営に持ち込んだ。それだけのことです」

滝本が就任したばかりの取締役を辞し日本最大の繊維《せんい》専門商社、浪速物産《なにわぶっさん》に経営再建の任を担い、社長としていづみ銀行から出向したのは二年半前の昭和四十九年のことである。この間の業績については、逐一《ちくいち》詳細な報告を上げていたが、どうやら鏑木はまったくそれらに目を通していなかったらしい。

もっとも、それは自分の仕事ぶりに彼が関心を寄せていなかったことを意味するものではない。鏑木が求めるものは常に結果であり、途中経過には一切興味を示さない。彼のそうした姿勢は、本業の銀行経営でも終始一貫しており、評価基準は常に対前年に比べてどれだけの実績を挙げたのかの一点にしかない。

「さて、私が君に何か教えたやろか」

婉曲《えんきょく》にだが、経営再建の手柄は鏑木の薫陶《くんとう》の賜物《たまもの》だと言っているのだ。悪い気がするはずがない。

果たして鏑木は、目をますます細めると美味《うま》そうに煙草を燻《くゆ》らす。愛飲しているピース特有の柔らかにして甘い匂いが、ゆったりと漂ってくる。

「あらゆる意味で、数字にすべてがあるということです。会社の経営状態は、決算書、損益計算書をはじめとする指標に表れる。それらを子細《しさい》に検討すれば、どこをどういじればいいのかおおよその見当がつくものです。あとは目標と期限を定め、個々が果たさなければならない役割と義務を徹底させれば――」

「いかにも営業の現場で実績を積み重ねてきた君らしい言葉やが、浪速の場合は、経営不振に陥《おちい》った原因はどこにあったん」

瞬《まばた》き一つする間に、鏑木の表情が変わった。

口調に変化はない、笑みも浮かべたままだが、目から笑いが消えていた。冷徹な銀行家としての、本性が瞳に宿っている。

「浪速の経営を圧迫していたのは、大量の在庫です。石油ショックで市場が冷え込んだにも拘《かか》わらず、企業としての規模、問屋としての機能を維持しようと仕入れを今まで通りにやっていたら、在庫が山となるのは当たり前です。不良在庫にも決済期限は同じようにやって来ます。資金を回そう思ったら、原価を割ってでも売らなければならんようになります。当然儲《もう》けは出ません。そりゃあ、経営も傾きますよ」

「浪速の連中は誰一人としてそんな単純な理屈も理解してへんかったんか」

鏑木は、呆《あき》れたように噴き出した。

「浪速に行って改めて感じたのは、伝統というものの恐ろしさです。問屋は客の信頼を勝ち得てなんぼ。注文があればすぐに商品を出してやらねば、客は離れていく。そう信じて疑うことはなかったんです」

女性秘書が、茶をテーブルの上に置いた。口を湿らした滝本はさらに続けた。

「客からすれば、こんな有り難い話はありませんよ。電話一つの注文で、商品は必要分だけすぐに持ってくる。しかも、時間指定まで受けてたんですよ。これじゃあ、浪速は倉庫代わりみたいなものです。その結果が大量の在庫の山ですから、誰のために商売をやっているのか分かりませんよ。それが、浪速が経営危機に陥った最大の要因です」

「在庫を極限まで減らしたわけやな」

「その通りです」

滝本は大きく頷《うなず》いた。

「しかし、長年染みついた商習慣、ましてや企業体質というものを、ようこんだけ短い時間の中で簡単に変えたもんやな」

鏑木は、まだあるのだろうと言わんばかりに、茶を啜《すす》りながら上目使いで滝本を見た。

「もちろん、従来の手法を改めるためには、意識改革が必要です」

「簡単な話やないな。何をやったんや」

「危機意識を植え付けるためには、指揮官が範《はん》を見せることです。戦場で兵隊が命令に従うのは、自らの命を顧《かえり》みることなく上官が弾丸飛び交う中にまず先頭に立って飛び出していくからです。出社の初日からしばらくの間、早朝六時に浪速の本社へ出向いたんです」

「そら、社員の連中も驚いたやろ」

鏑木が噴き出した。

「通用口の門も閉まったまま。守衛も驚いてましたが――」

滝本はにやりと笑うと、続けて言った。「役員連中は腰を抜かすほど驚きましたね。勤務時間は九時十五分から五時四十五分までですが、連中ときたら重役出勤。早くて九時半、酷《ひど》いのになると十時が当たり前なんです。とにかく、この早朝出社は、今に至るまで続けています。お陰で、今では八時半になると、大方の社員は出社して、業務を始めるようになっております」

「遠距離通勤者にとってはたまらんやろな」

「ラッシュの中を通勤するより、座って来れる分だけ体は楽でしょう。仕事の効率も上がろうというものです」

滝本は平然と言い、「それから役職者から順に、社員のひとりひとりと面談を行いました」

と胸を張った。

「えらい話やなあ。本社だけでも何百人という人間がおるんやろ」

「大阪本社で四百五十名ほどですか。とにかく始業前の八時から夕方六時、時には夜の八時まで、浪速の商売で何が問題なのか、どこを改善すればいいと考えるのかを腰を据えて訊ねたのです」

「そないに面倒なことをして成果はあったんか」

「何もありませんよ」

滝本は鼻で笑った。「問題意識など持ち合わせている社員は皆無に等しかったですからね。それに元々何かを期待していたわけではありません。狙いは別のところにあったんです」

「その狙いとは」

鏑木の視線が鋭くなった。

「意識改革も、頭ごなしにやったのでは反発を招きます。十分現状は把握した。それも改革者自らが、聞いての上でという体裁《ていさい》を整えておかなければ下はついて来ません」

鏑木の眉がぴくりと動いた。滝本は続けた。

「体裁が整いさえすれば、後は楽なもの。新兵教育をやり直すだけです。極限まで追い詰め、課題をいかに短時間で成し遂げることができるか。それ以外のことに考えが回らなくなるまで、徹底的に追い込む。売り上げ、利益率の確保は目標じゃありません。必達です。それも、現場からの積み上げではなく、こちらから達成しなければならない数字を指し示したんです。可能かどうかではありません。やらなければならないものとしてです」

「現場からの数字を積み上げていたのでは、やれる範囲での仕事しかしなくなる。浪速は、そんなこともしてへんかったんか」

鏑木は、苦々しげに呟《つぶや》くと、煙草をクリスタルの灰皿に突き立てた。

「目標さえ定めてしまえば、あとはどうやって達成するかは個々の能力次第です。管理する手法は、こちらが熟知していますからね。毎週月曜日は本部長全員、毎月初は、それに部課長レベルが加わっての業績報告会。前週、前月の数字が達成されたのか。されていなければどこに原因があったのか。今週はどう数字を作るのか。どこの課が、どこの部が足を引っ張っているのか。目標未達の部署が全体の業績にどう影響を及ぼしているのか。それらを明らかにすることで、社員全員に危機感と目標達成に対する強い義務感を抱かせるようにしたわけです」

業績報告会と言えば聞こえはいいが、実態は目標未達の部課長の吊るし上げの場だ。

前月の目標を達成している者の報告は聞き流す。しかし、未達とあれば容赦《ようしゃ》なく問い詰める。もちろん未達の部署を預かる人間にも言い分はあったが、そんなものには一切耳を貸さなかった。

『物を売り、利益を挙げて成り立つのが商売や。積み重ねた利益がお前たち社員の給料になってんのや。お前はいったいなんぼの給料を貰《もろ》うとる。間接部門、会社の固定費を賄《まかな》うためには、幾ら稼いでこんならん思てんのや』

そう罵《ののし》ると、誰もがぐうの音《ね》も出ないとばかりに黙りこくった。営業成績は、事業部、部、課、果ては一営業マンレベルに至るまでグラフ化し、オフィスに貼り出した。効果は絶大だった。暖簾《のれん》の上にあぐらをかき、旧態依然とした商売のやりかたに疑問を抱いていなかった社員たちの容貌が一変した。何が何でも目標を達成しなければならない。数字を作らなければならない。営業マンは月曜の朝が来ることの恐怖に駆られ、目を血走らせ、髪を振り乱しながら電話にかじりつき、あるいは外回りへと出掛けて行った。もっとも、こうした管理手法もまた、滝本が鏑木からその身に叩き込まれたものである。

「えぐいことをやったもんやなあ」

果たして鏑木は苦笑いを浮かべると、「もっとも、ワシはそういう方法は嫌いやないけどな」

しれっとした口調で言った。

「手の内を明かせば、別に私が何をしたというわけではないことがお分かりでしょう。当たり前のことを、当たり前にやれる組織にした結果、累積赤字が二年でなくなった。それだけのことです」

　手柄というのは他人が認めるものだ。自ら印象づけては価値が落ちる。滝本は、へりくだった言い方をした。

「そんな会社がよくもまあ、百年もの間生き残ってこれたもんや。しかし問題はこれからやで。ここでウチが手を引けば、また元に戻ってしまうやろ」

　鏑木は、少しの間思案を巡らせるように沈黙し、「率直なところを聞かせて欲しい。浪速の将来についてはどう考える。今後商売が順調に行くと思うか」

と訊ねてきた。

「痩《や》せても枯れても、浪速は繊維の専門商社としては日本一の会社です。尻をちょっと叩いてやっただけで、二年で赤字を解消するだけの組織力に加えて、人材もいないわけではありません。轡《くつわ》を緩《ゆる》めることなく、鞭《むち》を入れ続ければ伸び代《しろ》は充分にありますす。それにいづみ、特に大阪本店にとっては、浪速は融資先の最大手。伸びてもらわなければ困るでしょう」

　鏑木はうんうんと頷くと、

「本来ならば、経営を立て直したところで、君にはいづみに戻ってもらうところやが、伸び代があるというからには、まだやり残したことはあるんやな」

留任《りゆうにん》を匂わせてきた。

望むところだった。

滝本はすかさず、

「あります」

と答えた。

「ええやろ。せっかくうもう行きかけているところや。そしたらいま暫《しばら》く浪速の経営に専念してもらおうかあ。資金や人材が必要ならば、できる限りのことはするよってな。何でも遠慮なく言うてきたらええわ」

口では復帰と匂わせておきながら、そんな気持ちは元より持ち合わせてはいなかったらしい。

鏑木は、どこかほっとしたような口ぶりで言いサイドボードの上に置かれた時計に目をやると、

「今夜はこれから豊島《としま》君と飯を食うことになっているんやが、どや、君も一緒に来るか」

滝本を誘った。

2

鏑木からの夕食の誘いは約束があると言って断った。

その言葉に嘘《うそ》はないが、本当の理由は他にあった。

取締役の中でも最も若い、豊島実《みのる》が同席すると聞いたからだ。

浪速物産に派遣される前は、同じいづみ銀行の役員同士だった男である。年長者に対する敬意も払えば、気遣いも忘れない。仕事上の実績も、若くして役員になるだけあって申し分ない。しかし、彼との間には、決して埋めることのできない格差がある。それを思い知らされるのが嫌だったのだ。

大正十年の生まれとしては、今で言えば高卒にあたる旧制の商業中学卒の学歴は、低いどころかむしろ高い方に類するものだろう。しかし、大卒、それも、東大、京大を始めとする一流名門校の出身者がごろごろしている銀行においては、歩むコースも違えば、嘱望《しょくぼう》される将来も端《はな》から異なる。

どれほど実績を挙げたところで、精々《せいぜい》が泡沫《ほうまつ》支店の支店長止まり。それ以上の地位はまず望めない――。それが銀行という世界の暗黙の掟《おきて》である。

それを考えれば、大いづみの役員の地位をものにしたのは異例中の異例。望外の出世を遂げたとは言えるが、どう足掻《あが》いたところでこれ以上はない。どれほど力を見せつけたところで、決して頭取の座に就くことなどできやしないのだ。それを百も承知の上で、更なる高みをものにせんとする人間たちと席を同じくするのが、どれほど惨《みじ》めなものであることか——。

ましてや、豊島は将来の頭取と目される人間だ。そんな人間と酒席を囲むのはご免だった。

京都には午後六時に着いた。

駅からタクシーを拾った滝本は、四条通で車を降りると、路地へと入る。

商店が軒《のき》を連ねる通りから一歩入ると、こぢんまりとした民家が密集する古都らしい趣《おもむき》へと様相は一変する。

行灯《あんどん》を模した小さな看板に、『とうこ』と書かれた店がある。

間口一間半ほど、格子戸《こうしど》に浮く木目も鮮やかな、まだできて間もない店である。隙間は磨《すり》ガラスで埋められ、中の様子は分からない。入り口には「支度中」の看板が掲げてある。

「おいでやす」

引き戸を開けるなり、女性の声が迎えた。下村桐子《しもむらとうこ》である。

滝本は、一つ頷いて応えると、店の中に目をやった。五人ほどが座ればいっぱいになる白木のカウンターと、奥に上がり座敷がある。客の姿はない。和紙のカバーを通して漏れてくる室内灯の明りは柔らかく、浅葱《あさぎ》色の聚楽《じゅらく》壁と相俟《あいま》って、狭い空間に落ち着いた雰囲気が漂っている。

「まだ来てへんか」

滝本はカウンターに腰を降ろしながら訊ねるともなく言った。

「約束は七時でしょう？　まだ十五分もあるやない」

髪をアップに纏《まと》め、桜色の和服に白の割烹《かっぽう》着を着た桐子がくすりと笑った。ふくよかな丸顔の両頰が膨らみ、その際に沿って二つの深い皺《しわ》が刻まれる。紅《べに》で整えられたぽってりしている唇の間から、白い歯が覗く。

「課長、部長ならいざ知らず、社長と会うとなれば、十五分前でも先に来て当たり前やで」

「十五分前が当たり前になれば、今度は三十分前で当たり前。そしたら約束の時間なんて、あって無きがごときもの。そのうちお小姓さんのように、四六時中声が掛かるのを待っておれ、なあんて言い出すのと違いますのん。せっかちも度が過ぎると嫌われますえ」

桐子はお絞りを差し出してくると、「で、どないしはります。先に始めはる？」

しなを作るかのように小首を傾《かし》げて滝本を見詰めた。

「ビール貰おうか」

「へえ」

桐子は愛想よく笑うと、後ろの床に直《じか》に置かれた冷蔵庫からビールを取り出しにかかる。

白い項《うなじ》が露《あらわ》になる。それと同時に、三日前に重ねたばかりの彼女の肌の感覚が滝本の体に蘇《よみがえ》った。

桐子とは出会ってから十年になる。

京都南口支店長をしていた時分に、短大を卒業して女子事務職として入行してきたのが最初の出会いである。四年ほど銀行にいて、大阪で割烹料理屋を経営する一家の跡取りに嫁いだ桐子と、その間に特別な接点《とっ》があったわけではない。直接言葉を交わすようになったのはその後のことだ。

商売柄ゆえ、店への誘いを兼ねた年賀状と、暑中見舞いを欠かさず送ってきたので、本店に出向いたついでに、年に何度か嫁いだ先の店に顔を出すようになったのだ。

店はそれなりに繁盛《はんじょう》しているようだったし、板長《いたちょう》を務める夫との仲に不穏《ふおん》なものを感じたこともない。しかし、夫婦の仲には、他人からは窺《うかが》い知れない部分が必ずあるものだ。離縁をするという手紙を貰ったのは、ちょうど滝本が取締役として本店に栄転して間もない頃のことだった。

原因は夫の浮気。それも、相手に子供ができたというのだ。

桐子は子宝に恵まれぬ女であった。離縁するに際しては、激高した桐子に向かって、夫は石女《うまずめ》とまで罵り、こんなことになったそもそもの原因はお前にあると言い放ったという。

職場を同じくした女子行員は数多くいたが、退行した後も顔を合わせていたのは彼女だけだ。そして酒場でとはいえ、職場以外の自分の姿を知る数少ない人間でもある。慰《なぐさ》めるつもりで会ったところが、『これからは女一人、誰の世話にもならずに生きていかなければならない。幸い料理屋で夫の仕事を手伝ってきたおかげで、料理の腕には自信がある。ついては開業資金調達にあたって口添《くちぞ》えをお願いできないか』と桐子は切り出してきた。

もちろん、取締役の力を以《もっ》てすれば、小料理屋を出す程度の金を融資してやることは簡単なことだ。しかし、願いを叶《かな》えてやっても、自分に何の得があるわけでもない。滝本は、「検討してみる」と返事をしたものの、適当な時期に断るつもりでいた。

そこに俄《にわ》かに持ち上がったのが、浪速物産への出向人事である。

取締役の椅子について、一年もたたないうちに赤字の会社を立て直せと言うのだ。

誰にでも任せられる簡単な仕事でないことは分かっていた。鏑木が自分の能力を買っていればこその辞令であることも充分に承知していた。しかし、問題はその先だ。

浪速物産の業績を回復させ、本店に凱旋《がいせん》したところで、今以上のポストが与えられるわけではない。おそらくは、定年退職を迎えるその時まで、再建の実績を買われたら買われたで、再び困難な任務が課せられることの繰り返しになるに決まっている。

所詮《しょせん》は『と金』。一旦盤面から外され持ち駒とされてしまえば、ただの『歩』だ。

不思議なことに、その時滝本の胸中に湧き上がったのは、失望でもない、絶望でもない。むしろ、今の局面における『と金』としての役割を放棄するという決断だった。

なぜなら、浪速物産への出向に際しての条件は社長、紛《まぎ》れもない『王将』であるからだ。傷《いた》んだ本丸を建て直し、さらに堅牢な城にすべく造作をし続ければ、何人《なんぴと》たりとも手出しはできぬ、己が王として君臨できる帝国を手にすることができると考えたのだ。

「融資をするからには、商《あきな》いがうまく行くかどうか見極めなあかん。君の料理を食わしてくれんか」

桐子にそう持ちかけたのは、野心を抱いた高揚感か、あるいは銀行役員としての力を行使する、最後の機会だという気持ちの表れであったのかも知れない。

滝本の申し出を桐子は断らなかった。独り住まいのマンションの一室で、手料理を振る舞い、酒を飲ませもした桐子は、さも最初からの約束ごとであったがごとく、自ら帯を解いた――。

「さっ、どうぞ」

桐子はビール瓶を翳《かざ》す。

「あのな、今日の連れやがな」

滝本は、それを受けながら切り出した。「ウチの伊崎《いざき》っちゅう若い者を呼んでるんやが、これから先頻繁《ひんぱん》にここに出入りするようになる」

「大阪からわざわざ京都まで出掛けてくれはりますの」

「ちょっと理由があってな。それでお前に頼みたいことは二つある。一つは、伊崎の連れが何を話すかや。大抵のことは、直接伊崎から報告が上がるはずやが、お前が聞いて知った範囲のことを、できるだけ詳細に教えて欲しいんや」

「何やスパイみたいな役割どすな。何事ですの」

桐子は眉を顰《ひそ》めながらも身を乗り出してくる。

「それは、今日の話を聞いてりゃ分かる。それからもう一つっちゅうのは勘定《かんじょう》や。伊崎がこの店に来た時の勘定は、今日この時から半額にしてやってくれ。もちろん不足分は出す。それも三割増しでええ。浪速の東京本社社長室に月末締めで請求書を送ってくれれば、翌月十日、お前の口座に振り込まれるようにしておくよって」

「スパイの真似事《まねごと》のお手当でおますか」

桐子が戯《ふざ》けた口調で言ったその時、入り口の引き戸が静かに開いた。

入り口に一人の男が立っていた。

伊崎大吾《だいご》。

大卒の入社十三年目で、浪速物産財務部に勤務している中堅社員である。グレーのスーツに赤のネクタイ。ワイシャツの色は白。商社といえども金を扱う部門の人間は、服装が不思議と銀行員に似てくるものだが、ネクタイの色が赤というのが業界の違いだ。

伊崎は緊張しているようだった。

無理もない。まともに言葉を交わしたのは、滝本が大阪本社社員全員に行った個人面談の一度きりだ。なのに、いきなり呼び出され、しかも京都のこんな店まで来いと言われたのだ。

「遠いとこまで呼びつけてすまなんだな。ささ、そんなところに突っ立ってへんで、ここへ座り」

滝本は、笑顔を浮かべて見せると、隣の席を手で指した。

「失礼いたします……」

これもまた緊張の表れか、伊崎は椅子を音を立てて引き、背筋を伸ばして座った。

「ビールでええか」

「はい……」

「まっ、そう固《かと》うなりんと、一杯いこう」

伊崎が両手で捧げ持つグラスに、滝本はビールを注《つ》いでやった。

「何か食べ物を頼まないかんな。何でも好きなものを選び」

『とうこ』の品書きには、値段が記されていない。季節の物を出すのが売りで、値段が時価であるからだが、こうした店に慣れていない若い人間は、勘定への不安を覚えるものだ。ましてや、今日は社長に呼ばれた席である。下手をすれば、社長よりも高額な品を選んでしまわないかと悩むに決まっている。

果たして、伊崎は品書きに目をやったまま、一向に決められないでいるようだった。

「あんた、嫌いなもんあるか」

「いいえ。特には……」

「なら、お任せでいこう。その方が気が楽やろ」

「はい」

滝本は、桐子に目配せをした。

「そしたら、美味《おい》しいものを見繕《みつくろ》ってお出しします」

「美味《うま》いもんを用意してや。それからこちらは若いんや。少し量を多目にしたってな」

「へえ、おおきに」

桐子は機嫌よく答えると、早々に準備を始める。

「ところで、伊崎君。最近の社内の様子はどないや。私が社長に就任する前と後では、変わったことがあるか」

滝本は、料理を始めた桐子の後ろ姿に目をやりながら訊ねた。

「変わったも何も、まったく違う会社に生まれ変わったような気がします」

「ほう、どないなところがや」

「まず、営業面で言えば現場のコスト意識です。これまでは売れ筋商品と、目算が狂った商品との差が激しく、いくら売っても利益が生まれないという構造ができ上がってしまっていたんです。余剰在庫は値引きをせねば捌《さば》けません。どうも営業の人間は、それでも仕入れ値を下回らず、赤さえ出さねばいいと考えていたようですが、仕入れた商品には金利がかかります。仕入れ値で売っていたのでは赤です。その部分への意識が芽生えたことが、目に見えて数字に表れるようになりました」

「さすがは財務部にいて、日々数字を目にしとるだけのことはあるな。そう、金利や。浪速かて、自己資金で品物を回しているわけやない。銀行から借金をして品物を仕入れてるんや。借金は利子をつけて返さなあかん。利子という概念が欠落しとったら、なんぼ売っても儲けは出えへん」

滝本は、ビールを注いでやりながら、伊崎に話を続けるよう促《うなが》した。

「しかし、商習慣というものは、すぐに改まるものではありません。特にウチの場合は、問屋として創業して以来百年の歴史があります。規模の大小にかかわらず、付き合いの長い取引先も多いわけです。ここに馴れ合いの構造といいますか、営業の甘さが出ていたんだと思います」

「まあ、そうは言っても売る側と買う側はもちつもたれつの関係や。社内もまた同じ。歴史の中で培《つちか》われてきた慣習ちゅうもんがある」

「それを良しとしてきたのが、一族経営の甘さだったのではないでしょうか」

口調こそ控えめだが、伊崎の言葉の裏には、先の面談の際に感じた通り、明らかに旧経営陣に対する不満が漂っていた。

浪速物産は、繊維問屋として創業以来百年、創業家である早坂《はやさか》一族によって、経営されてきた会社である。これまで社長には早坂姓以外の人間が就いたことは一度もなく、次の代を継ぐ者は、三十代にして役員になり、経営陣の一角に名を連ねるということを営々と繰り返してきた。今でこそ、メインバンクのいづみ銀行が五%の株を握ってはいるが、個人筆頭株主は前社長の早坂正介《しょうすけ》で二%、一族の持ち株を合わせれば、こちらも五%に上る。

多くの同族経営の例に漏れず、会社前社長は乳母日傘《おんばひがさ》の温室育ち。当然役員は茶坊主ばかり。強大無比の己の帝国を持つためには、早坂正介はもちろん、一族の覚え目《め》出度《でた》い役員、ひいてはこれに連なる人間の排除が必要だ。そのための腹案はすでにあるが、実行に移すには、まず自分の意のままに動く手駒を持たなければならない。

「信用と伝統の上にあぐらをかき、従来路線を踏襲《とうしゅう》すれば通用していた時代はとっくに終わっていると思います」

伊崎は続けた。「石油ショックという大波を乗り切れず、多額の負債を抱え込み、あわや倒産寸前という危機に陥ったのがそのことを如実《にょじつ》に表しているのではないでしょうか」

どうやら、伊崎はあまり酒が強くない体質らしい。ビール一本が空いたところで、発言も大胆になってきた。滝本は日本酒を頼みながら、

「いくら頑張っても、社長にはなれない。精々が専務止まり。それも社長の覚え目出度くなければならんのや。社員の間には閉塞感《へいそくかん》もあったやろう。まして改革なんぞ口が裂けても言えへんかったやろうしな」

いづみ銀行にいた当時の己の心情を重ねながら言った。

「しかし、結果というものは絶大な効果を発揮するものですね。営業の人間が疲労困《こん》憊《ぱい》しているのは事実ですが、たった二年で赤字が解消されたことで、現経営陣への信頼感が高まり、社内にかつてないほどの活気が漲《みなぎ》っていることは事実です」

「ほう、それは何よりの言葉やな」

滝本は、酒を注いでやりながら、顔をほころばせた。

それから暫くは酒を飲み、料理を口に運びながら、たわいもない話を続けた。客が一人も入って来ないのは、「支度中」の看板をそのままにさせているせいだ。しかし、時刻は八時になろうとしている。いつまでもそのままにしているわけにはいかない。そろそろ本題を切り出す時だと思った。

「ところで、今日君に京都まで足を運んでもらったのは理由がある」

滝本の言葉に、伊崎が姿勢を正した。

「君は、課長代理になって何年になる」

「五年です」

「そろそろ課長に昇格してもええ頃やなあ」

課長代理までは、入社からの年月でエスカレーター式に昇進していくもので、人事考課は一切反映されない。しかも、立場は準管理職。手当が支給される代わりに残業代は付かないが、その一方で組合への加入はそのまま認められるという曖昧《あいまい》なポストだ。しかし、管理職である課長になれるかどうかは本人の実力次第。そしてその最終的決定権は会社が握っている。

「どないや。昇格前に組合の書記長をやってみいへんか」

「私が書記長ですか？」

伊崎の顔に困惑の色が浮かぶ。「書記長は組合執行部の中の最重要ポストですよ。そんな大役が私に務まるでしょうか」

「心配することはない。組合言うたって、これまでも早坂一族の覚え目出度い人間が、執行部に名を連ねてきた御用組合や。ストやって一度も打ったこともなければ、賃金交渉やって出来レースやったんやろ」

「書記長になって何をやれとおっしゃるんですか」

「ここからは、ワシと君の二人だけの秘密や。まだ人事部にも話していないことやからな」

滝本は前置きすると、「確かに、会社の赤字は無《の》うなった。このままでいけば来年は復配というところまで会社の業績は回復するやろ。しかしな、ワシはこの浪速を、大手総合商社に並び称されるような会社にしたいんや。そのためには、今までぬるま湯の中でのうのうとしてきた連中、早坂一族の取り巻き連中を会社から一掃《いっそう》せなならん」

声のトーンを落としながらも、きっぱりと断言した。

伊崎は酔いが醒《さ》めたように、目を丸くしながら、生唾を飲み込む。

滝本は続けた。

「営業へのノルマは今まで以上にきつうなる。だがな、自分の食い扶持《ぶち》を稼いでこれん人間に用はないのや。達成できん者は降格はもちろん、出向すら叶わぬ人間も少なからず出てくるやろう。となればや、切られる方かて黙っとるわけないがな。必ず組合に駆け込み争おうとするに決まっとる」

「私に、それをうまくあしらえと?」

「そうやない」

滝本は薄ら笑いを浮かべた。「ワシの方針に反旗《はんき》を翻《ひるがえ》す人間を洗い出して欲しいんや。ストを打ってもええ。正面切って団交を申し込んできてもええ。君はあくまでも労使の労の側の代表として振る舞うんや。そうすれば茶坊主役員の覚え目出度い人間は、必ず君を頼ってくる。ワシの方針についてこれん人間もな。社員の誰しもが、大志を抱いとるわけやない。楽して明日の飯が食えるなら、それでええと考えとる者も数多くいるやろうからな。だがな、これからの浪速には、そんな人間はいらん。力ある者には、それなりの処遇を与えられる会社にせなならんのや」

「しかし、組合執行部は組合員の投票で選ばれるものですよ」

任務の重大さに怖《お》じ気《け》づいたのか、あるいは間者《かんじや》となることに決心がつかないでいるのか、伊崎は気の進まない様子である。

「今までの組合役員の誰が信任されなかったことがある？　常に満票で信任されてきたやろ。しかも役員構成は人事部が決めてきたんやないか」

滝本は、しれっとして言うと、「ええか、伊崎君。今回の書記長の役目には、浪速の将来がかかっとんのや。この一年で、次の高みを目指せる体制が整わなければ、再び早坂一族が経営トップの座に舞い戻ることにもなりかねへんねやで。そないなことになれば、元の浪速に逆戻りや。君はそれでもええと思うか」

今度は声に力を込めた。

伊崎に言ったつもりではなかった。自分自身への言葉でもあったからだ。

この調子で業績が上向けば、来年には復配。だが問題はその時だ。

前社長の早坂正介は、代表権を持たぬとはいえ会長職にある。復配を遂げた時点で、社長に返り咲くという話は充分にあり得ることだ。

しかし、それも最悪のシナリオの前では瑣末《さまつ》なことだ。

恐ろしいのは、鏑木である。

頭取とはいえ、常に権力闘争の渦中にいることは間違いない。頭取の座を虎視《こし》眈々《たんたん》と狙っているのは役員全員。鏑木が己の地位を安泰に保つ一番の方法は、有力な役員を出向、あるいは天下りとして体裁の整った企業に追いやることだ。

繊維専門商社としては日本最大の浪速物産。しかも負債は奇麗に片づいているとなれば、有力役員を社長として追いやるには絶好のポストと映るだろう。

それではまるで、苦労して土台を固めた城を、みすみすくれてやるようなものである。それを許すという選択肢は、もはや滝本にはない。

「どうや、伊崎君。ワシと一緒に夢を追うてみいへんか。決して損はさせへんで」

滝本は止《とど》めの言葉を吐いた。

損はさせんと言うことが、ついてくれば将来を約束するという意味であることは誰にでも察しがつく。ましてや創業家が代々社長を務める社風には、不満を持っている男だ。断るはずがない。

「分かりました。お引き受けいたします」

伊崎は、滝本の目をしっかと見詰め返事をする。

「話が話や。どこに人の目があるとも限らん。執行部の会合は市内は避けて、ここを使《つこ》うたらええ。こう見えても値段が安いよってな」

桐子が、笑みを浮かべ、伊崎に向かって軽く会釈をする。

「しかし、大阪から京都へとなると――」

「新執行部の役員は、大阪の東寄りに住んどる人間を当てるよう、人事には言うとく」

心配はいらんとばかりに滝本は伊崎の肩をぽんと叩き、

「今までのところで、勘定はなんぼや」

と桐子に訊ねた。

「お二人で一万五千円になります」

「えらい勘定が早いなあ」

「お任せは一人六千円。それにお酒代ですもの。計算は簡単ですわ」

打ち合わせた通り、桐子は半額の値段を口にした。

「男性社員五千円、女性社員三千円。組合費は毎月給料から天引きで徴収《ちょうしゅう》している金や。組合員のための会合に使ういうても、安いに越したことはないやろ」

「しかし、ここは社長の馴染《なじみ》の店ではないんですか」

「組合執行部の任期は一年。それも君にさんざん苦しめられることになるんや。なんぼ電車で三十分ゆうても、酒を飲んどる暇《ひま》などなくなるやろ。気にいっとる店やが暫く我慢するわ」

滝本は呵々《かか》と笑ってみせると、「ぶぶ茶を用意してや」

話は終わったとばかりに、桐子に向かって命じた。

3

夜十一時半ともなると、住宅街の家々に灯る明かりもまばらになる。

「ここでええ――」

滝本はタクシーを降りると、路上に立った。

木造二階建て、瓦葺《かわらぶ》きの屋根。敷地は五十坪余。生け垣に囲まれた日本家屋が滝本の自宅である。

支店を渡り歩きながら、日本全国を転々とするのが銀行に勤務する者の宿命だ。現役でいる限りは家を持つことなどあり得ない。そう考えていたが、京都南口支店長に就任し、生まれ故郷の近くに赴任したのを機に、思い切って一戸建てを購入した。

長女が高校に入学したこともあった。それに、支店長は高卒組にとっては上がりのポジション。転勤といっても、あと二度か三度。その頃には長女は大学に、次女は高校に上がる。家のお守りを娘たちに任せ妻と二人で、勤務地によっては単身で新たな任地に赴《おもむ》けばよい。そろそろ終《つい》の住み処《すか》を用意しておくべきだという思いもあった。

もともと老後の暮らしに備えて買った家である。ましてや、もはやこれ以上の昇進など望むべくもないと思っていた頃のことでもある。一部上場企業の社長の家にしては粗末《そまつ》な物だが、その落差も後の望外の出世の表れである。

滝本は玄関の格子戸《こうしど》を引き開けた。

「おかえりやす。遅うおましたな」

続きの台所から寝巻姿の富紀子《ときこ》が姿を見せた。

顔色が悪いのは、化粧を落としているせいばかりではない。ここ数年体調が思わしくなく、床に就くことが多い。

「なんや、まだ起きてたんか。寝とらんでええんか」

滝本は靴を脱ぎながら言った。

「銀行時代の友達が、久しぶりに電話してきましてん。今までずっと話をしてましたんや。あんたも覚えてはるやろ。西陣《にしじん》支店にいはった酒井さん」

平日は毎朝五時に起き、六時には迎えの車に乗り家を出る。

帰りは毎日この時間。週末はゴルフに出かけるから、夫婦の会話は朝食を摂《と》る間の僅《わず》かな時間だ。桐子の家に泊まる時には、会社近くのホテルに泊まると言い、帰らぬ時もある。

大会社の社長の仕事を知らぬ富紀子には、そんな嘘も容易《たやす》く通れば、結婚してから三十年近く経つ。子供も独立したとあれば、お互いの日常にも無関心にもなる。いつもの富紀子なら、早々に寝室に戻るところだが、今夜はその気配がない。それにその名前には覚えがある。

「窓口におったな。なんぞあったんか」

滝本は何気に訊ねた。

「就職の相談――」

「またかいな」

滝本はうんざりした声を上げ、「ええかげんにしてくれ。久しぶりの電話いうたら、ぜんぶ就職やないか。なんぼワシが社長いうたかて、他所《よそ》で箸にも棒にもかからん者が浪速で使えるわけがないやろ。ウチは廃品回収業者やないんやで」

台所に入った。

「ええやないの。それだけ、あんたが偉《えろ》うなったいうことやないの」

頼まれ事をされた時に限って、富紀子の声は華やぐ。

もっとも、そういう気持ちになるのも分からないではない。

富紀子と出会ったのは入行六年を迎え着任したばかりの、西陣支店でのことである。窓口業務を担当する高等女学校卒の女子行員として配属されて来たのがきっかけだった。

もっともそこで恋に落ちたわけではない。彼女が入行して三年目を迎えた時に、当時の支店長が、

「銀行員は信用第一。家庭を持つのも信用の一つだ。君もいつまた転勤になるか分からん。この辺で嫁さんを貰ったらどうだ。銀行は身辺調査をきちんとしてるし、社内結婚は間違いないぞ」

と言って、富紀子との間を取り持ったのだ。

富紀子は西陣で小さな商店を営む家の娘である。たとえ出世は望めずとも、銀行員は堅い仕事。安定した生活を営めると思っただろう。滝本にしても、銀行の世界の事情を十分承知の相手の方が、仕事に邁進《まいしん》できるという考えもあった。だから、富紀子にとっても、夫がいづみ銀行の役員に昇進し、さらには浪速の社長に就任するとは夢にも思っていなかったに違いない。

人にものを頼まれる。ましてや一生を左右する就職をだ。それも地位と権力があればこそなら、一介の行員で終わるはずの夫が、望外の出世を遂げた証である。有頂天にもなろうというものだ。

しかし、富紀子が相手にする人間には一貫した傾向がある。常に自分と同格、ある

いは以下の立場にある者だけなのだ。いづみの役員に就任した後も、他の役員たちの妻は、ことあるごとに鏑木夫人をゴルフに食事に、あるいは旅行へと誘い出し、亭主の出世の一助にならんと必死だが、富紀子はそうした人間たちとは一切交わらない。浪速の社長に転じてからも同じである。

もちろん、体調が思わしくないこともあろうが、白鳥の群れの中に家鴨が一羽混じるようなもの。どう足搔いたところでこれ以上の出世はあり得ない。惨めな思いをするだけに決まっていることを知っているのだ。

富紀子を見るたびに、まるで自分が鬱々と内心に抱えている傷を見せつけられるような気になる。それが、絶対大卒のエリートには負けるものかという熱量にも繫がるのだが、滝本の足が家から遠のく要因の一つとなっていた。

「茶をくれんか」

滝本は椅子に座りながら言った。「緑茶はあかんで、焙《ほう》じ茶にしてや」

富紀子は心得ているとばかりに、茶を淹《い》れ始めると、

「何とかならへんもんやろか」

何気なく話を切り出した。「あんたも覚えてはるやろ。西陣支店にいはった酒井さん。入れて欲しいいうのは、あの人の次男なんや」

「酒井さんは、どこに嫁いだんやったかな」

「大阪で乾物商をしてはる所に――」

富紀子は茶碗を差し出してくる。「嫁いだ時には代々続いた老舗で、商いも大きかったらしいんやけど、近所にスーパーが出来てからは商売もいかんようになって、旦那さんの代で店は終いにすることを決めたらしいわ」

当節にはありがちな話である。

これが中小企業の経営者の息子でもあれば、将来浪速の取引先になることを見込んで、預かり社員として採用することも考えられるが、先の知れた商店では話にならない。

滝本には結論の見えた話であったが、富紀子はお構いなしに続けて言う。

「何や長男の時には、就職にえらい苦労しはって、揚げ句はどこぞの中小企業にようやく拾うてもらったそうで、次男は、どないしてでも名のある会社に入れたい言わはんのやわ」

「そら、親の気持ちは分からんでもないけどな、大きな会社に拾うてもろたら一生安泰思たら大間違いやで。組織がでかくなればなるほど競争は激しい。望まれる能力も高《たこ》うなる。浪速は一部上場の商社やで。入社希望者もそれなりの人間が集まってくるさかいにな」

滝本は差し出された茶碗に手を伸ばしながら、「で、その次男はどこの大学におるんや」

と訊ねた。

「それが――」

富紀子が歯切れの悪い口調で学校名を告げた。

「あかんな。そない二流大学の出身者は浪速にはおらへんで。採用実績校いうのは、会社の格を表わすもんや。なんぼ何でもそないな学校から人を採ったら、看板に傷がつく」

滝本は鰾膠《にべ》もなく断わると茶を啜《すす》った。

口の中が焼けつくように熱い。その余韻《よいん》が胃の中で弾けると、腹の中で不快な熱を放つのは、アルコールで焼けた部分を刺激するせいばかりではない。

仮にも繊維専門商社としては、日本一の会社である。入社がいかに困難を極めるかは、誰にでも想像がつく。なのに、どう考えても分不相応の人間を社員にと申し出てくるのは、高卒の身が社長に就いた、ならば、二流であっても大卒ならば、チャンスはあるに違いないと踏んだに決まっていると思ったからだ。

確かに、自分は高卒というハンデを背負いながら、大いづみの役員に、そして浪速の社長にもなった。学歴と仕事の能力は別物であることを証明した体現者でもある。そして企業は人なり。砂利山の中から宝石の原石を探し出さずば未来はないというのも一面の真理である。

だが、少なくともいづみに入行したのは、間違いなく自分の実力である。そして、自らの力で、高卒というハンデを乗り越え、今の地位を手にした。

それを他人の力を以て楽をしようとする。その根性が許せない。

「商売いうのは、履歴書下げてやるものやないのと違います？　立派な学校出てるのと、物を売る才覚いうのは別物やない。会社に入ってどれだけの実績を上げるかが本当の勝負やない」

「その息子がそうなるいう保証はどこにある」

「大学時代は、体育会のラグビー部で選手をしてはったそうやわ。体は頑健。根性も据わってはるって。体育会いうたら、そら厳しい練習をしはんのやろ。それに耐えたいうだけでも、見どころあるのと違います」

「浪速の採用試験に来る学生は、そないな経歴を持つやつばかりやで。体力もあります、根性もあります。学歴もあります言うて押しかけてくるのや。そんなもの取り柄になるかいな。むしろ入社して回りがそないな人間ばっかりやったら、萎縮して潰れてまうんやないか。温情が仇《あだ》になるいうこともあんのやで」

「使うてみんことには分からへんやない。コンプレックスをバネにして、伸《の》し上がる人は世の中にはごまんといますやろ。ピカピカのエリートは失敗を恐れて守りに入るもんやけど、失うものがない人間は強いんと違いますか。銀行なんて、その典型やない」

まるで、自分がそうだろうと言わんばかりの富紀子の言い草に、滝本の胸がひりりと疼《うず》く。

「せめて人事の人に会わせてあげてもええやない」

そんな滝本の心情を斟酌《しんしゃく》する気配もなく、富紀子は不満気に口を尖《とが》らせると、「そやないとわたしの顔がたたんわ」

いつもの決まり文句を吐いた。

妻として富紀子を見た場合、何が不満というわけではない。

長女はすでに嫁ぎ、次女もいづみの関連会社で働いている。二人の子供を過不足なく育て上げ、自分が仕事に邁進《まいしん》できたのも、彼女が家を良く守ったからだとは言えるだろう。

しかし、自分がいづみの役員に就いて以来、富紀子は事ある毎に私事を持ち込む。彼女にとっては、些細《ささい》なこと。社長という権力を以てすれば、一言で何でも済むと思っているのだろうが、瑣末《さまつ》なことであればあるほど、滝本には煩《わずら》わしく感じられてならない。そうした一連の行動が、夫が置かれている立場、仕事の難儀さを理解していないことのように思えてならないのだ。

「会わせたはええが、駄目やったらかえって顔が立たへんのとちゃうか」

「そないなことありますかいな。チャンスをやったのとやらへんかったのとでは、受け取り方が違うやない」

「駄目やったら理由を言わなならんようになってまうやろが。ウチの会社では使い物にならへん。力が足りません言うんか」

「人事の人なら、うまい抗弁なんぼでも繕《つくろ》うことができますやろ」

富紀子は執拗《しつよう》に食い下がる。

ただでさえ疲れている体に、疲労が込み上げてくる。こんな不毛な会話は早々に打ち切りたかった。

「あのな。普通の採用試験ではな、落とす理由なんぞいちいち説明せんのや。ええか悪いか。眼鏡に適《かな》うか適わんか。採用ちゅうもんはただそれだけのことなんや」

「それにな、ワシが仲介した人間を誰が落とすかいな。会ってやってくれでも、人事に履歴書回すいうことは、採れ言うのと同じことや。それでカスやってみい。社長としての面目が丸潰れや」

「使い物にならへんかって、仕事はなんぼでもおますやろ。銀行にかて、電球替えたり、紙配ったり、雑事もろもろを担当する人がおるやない。それに、酒井さん、去年うちが江沢さんの息子さんの就職を引き受けたことを知ってはるみたいで――」

江沢もやはり富紀子と西陣支店時代に同僚だった女性行員のことである。

「あれは、預かり社員や。小さいながらも家業が繊維会社をやっとるさかいな。跡継ぐことが決まっとるし、外で修業させてやって欲しい言うから採ったんや。いずれ辞めるのが前提と、一生面倒みてかなならんのとは事情が違う」

「あきまへんか――」

富紀子は亭主の立場よりも、自分の面子《メンツ》の方が重要らしい。恨めしげな視線を向けてくる。

「そやけど――」

「そしたらこう返事せい」

滝本は苛立つ感情を露《あらわ》に言った。「十月の新卒採用に応募せい。一次の面接に合格したら、万事うまく行くよう取り計らう。それでどないや」

「一次面接いうたら、学生がぎょうさん来ますのやろ。面接言うても右から左。よっぽどのことがないと通らへんのと違いますのん」

「逆や。面接は三度ある。繰り返すごとに応募者を篩《ふる》いにかけて絞り込んでくんや。篩いの目の大きさは同じやない。一次の篩いの目は一番粗いんや。そこでひっかかれば、採用したる言うてんのや。簡単な話やろが」

滝本は、ぴしりと言い放つとぐいと茶を飲み干し、「風呂に入るわ。明日も早いよってな。お前も早よう休み」

もうこれ以上の話はご免だとばかりに席を立った。

4

外壁が御影石《みかげいし》で覆われた浪速物産本社ビルの十階にある社長室からは、御堂筋《みどうすじ》の通りがよく見えた。

月曜の朝は、滝本の出社時間はいつもより早くなる。午前六時五十分には社長室に入り、この窓際に立つ。

五月は御堂筋の銀杏並木《いちょうなみき》の緑が最も美しい時期だ。人影がほとんどなかった歩道に、十分も経つとビジネスマンの姿が見え始める。やがてそれは列となり、吸い寄せられるように自分の足元に消える。八時から始まる会議に臨む本部長に、大臣の国会答弁を用意する官僚よろしく、前週の業績内容を子細にレクチャーするため早出をする、浪速物産の社員たちである。

事業本部長は役員を兼ねる役職である。一般的に役員ともなれば、課レベルの活動を詳細に把握していないものだが、滝本はそれを良しとしない。

『高い地位、高い給料を貰うからには、部下にも増して仕事をせい』

『担当部署のことを聞かれたら、その場ですぐに返答できるようにしておくのが、責任ある立場にいる者の務めや』

常に突き放し、『調査した後、改めてご報告します』という返答を許さない。

当然、各事業本部長は週末になると事前準備に追われ、当日の朝は最終打ち合わせに、社内は異様な緊張感に包まれる。

それが滝本にとっては、何とも心地《ここち》よい。

自分が組織を掌握《しょうあく》している。意のままに動いている証だと感ずるからだ。

執務机の上には、ファイルが山となっている。一週間分の全事業部の実績報告書である。

滝本は改めてそれらに目を通す。

文章となった報告書の類いはさっと流し、ほとんどの時間を数字の分析に充《あ》てる。文章は取り繕うことができても、数字はごまかせないからだ。

五月の一週目は、報告書を見る限りにおいて、全事業部が目標を達成したようである。しかし、幾つかの指標を突き合わせて見ると、どうにも解《げ》せない部分が見られる。商いの動向と数字を点で捉えると一致はしても、事業部全体、全社的、そして月次、年次と視野を広げると、齟齬《そご》をきたすのだ。

やがて、数字の中にそれが何かが浮かんでくる。

「そうか。こないなことをやっとるんか……」

滝本が、正体を突き止めたその時、ドアをノックする音が聞こえた。

時計を見ると八時五分前である。社長室長の長嶋《ながしま》が直立不動の姿勢を取り、

「社長、お時間です」

と言い、執務机の上に山と積まれたファイルを手に持つ。

役員会議室は同じフロアにある。ノブに手をかけるまでもなく、長嶋がさっと追い抜きドアを開けた。楕円形《だえんけい》のテーブルを囲んだ十人の本部長が、一斉に立ち上がる。

「ほな始めようか」

順番は、いつも同じである。名指しされるまでもなく、最初の報告者が前週の実績を緊張した面持《おもも》ちで話し始める。

報告に先立ち、各事業本部長はレジュメを用意するが、滝本はほとんど目を向けない。じっと瞼《まぶた》を閉じて腕組みしながらひたすら耳を傾けるのみである。そんなものは、既に頭に入っているし、興味の対象は、目標に達したか否《いな》かにしかない。敢《あ》えて報告をさせるのは、統轄する事業部の業績を責任者自らの口で語らせることで、目標未達の場合、彼らが覚える屈辱と恐怖が倍増するからだ。

目標達成の場合でも、滝本は瞼を開け、「よっしゃ分かった」とだけ応える。本部長ともあろうものが、新入社員のように肩の力を抜く。次の報告者が顔を強《こわ》ばらせながらすかさず報告を始める。

今日はいずれも「よっしゃ分かった」だけである。最後の一人の報告が終わり、同じ言葉を滝本が告げ、「全事業部が月次目標を達成したのは何よりや」と続けると、今週は生贄《いけにえ》にされる者は誰もいなかったと、部屋の空気が俄《にわか》に弛緩《しかん》する。

しかし、今日はここからが本番だ。

「せやけどな、あんたらに訊いておきたいことがあるんや」

滝本が改めて切り出すと、全員の顔に新たな緊張の色が走った。無理もない。今週は無事会議を乗り越えられたと思った分だけ、衝撃は大きい。

滝本は一人一人の顔を目で追いながら、

「確かに売り上げ目標は達成した。利益も出とる。せやけどな、月末になると売り上げが急に立ち、月初になると停滞する。それも事業部すべてに同じ傾向がある。これには何か特別な理由があるんか」

じんわりと訊ねた。

「それは、営業努力の賜物とお考えいただきたいと思います」

少しの間を置いて、口を開いたのはアパレル事業本部長の富松《とみまつ》である。「目標必達が至上命令となれば、月末になると営業マンも必死です。夜討ち朝駆けで客先を回り、頭を下げて何とか今月中に売りを立ててくれとお願いした結果です」

「もし、そうやとしたら、頭を下げて買《こ》うてもらわなならんほど、ウチの在庫はまだ絞れる余地があるっちゅうことか」

「お言葉ですが現状の在庫水準は、おおむねひと月半のところで推移しております。以前の平均在庫が四ヵ月であることを考えれば、極めて低い水準です。これ以上絞ると、急な需要増加があった際には対処できなくなる恐れがあります」

繊維本部長の金木《かねき》が慌てて反論してきた。

「その急な需要に対処するために、捌《さば》き切れんかった在庫を次のシーズンまで抱え、さらには返品を食ろうた結果が三百億の赤字となったたんと違うんか。ローリング・ホライズンちゅう概念を知っとるやろ。販売予測を中長期に亘《わた》って立て、それに応じて工場は物を作る。途中で需要が狂った言うても、作るものは作る。作らんものは作らん。そうすることによって、営業利益が確保されれば、工場も無駄な原料を仕入れせんでも済むし、結果生産効率も上がるんや」

「しかし、繊維は様々な要因で需要が左右されるものです。欲しい時に物がないでは、もはや信用問題ですよ。確かにウチは繊維専門商社としては最大手で、昔からの贔屓《ひいき》筋が多い。多少の無理は聞いてもらえますが、品物を供給しているのはウチだけじゃないんです。他からも買えるんです。これ以上在庫を絞って、品切れ続出ということになれば、大事な客が離れかねません」

金木は、眉間《みけん》に皺を寄せ首を振る。

「ワシが不満を覚えるのはそこや」

滝本はふと口元を緩めた。「じゃあ、金木君に聞くわ。営業マンはご用聞きか」

金木は、言葉に詰まったようで、視線を落とした。

「今日はなんぼご入り用でしょうかと客先回って、へえ、ありがとうございますと、言われたまま伝票書くのが仕事か。何かと言うと、すぐあんたらは客先の急な需要と言うけどな、事業計画、販売目標を持たん会社など、この世の中のどこを探してもあるわけない。そやろ。どの時期に、どの製品がどれだけ必要になるか。そないなことは、担当している客先に、深く食いこんどりゃ年度当初には分かるはずや。いつ降って湧くか分からん特需に備えるよりも、定量仕入れ、定量販売。ロスは無し、在庫はゼロ。それに極力近づけるよう、市場や客先の動向を摑《つか》んで利益を挙げるのが営業の仕事と違うんか」

手綱《たづな》を緩めれば楽をしたがるのが人間ならば、絞り上げれば上げるほど、知恵を出すのも人間だ。商社だろうが銀行だろうが変わりはない。

痛い所を突かれて返す言葉もないのか、あるいは黙っていた方がこの屈辱的な時間が早く終わると思っているのか、会議室は重い沈黙で満たされた。

だが、今までの言葉は前段に過ぎない。今日の本題はこの先にある。

「なあ、金木君。あんた今、古くからの取引先は多少の無理を聞いてくれる言うたな」

滝本がじわりと切り出すと、金木はぎくりと顔を上げ、視線を泳がせた。

「月末に売りが立つのは分かったが、月初になると在庫が増えるのはなんでや」

続けて滝本が訊ねると、

「月初には発注していた商品が入荷するからです」

金木は、しっかと視線を固定させて即座に断言する。それがいかにもわざとらしい。

「なんで、月末に売りが集中するような商品が、月初に入荷するんや。それやったら在庫がひと月近く寝るやないか。そない言うんなら、発注の仕方が悪いっちゅうことになるのと違うんか」

「お言葉ですが社長、仕入れ商品の代金決済は、月末締めが決まりです。月初入荷でも月内に捌ければ、余分な金利はかかりません」

「商品の入荷は何も月初だけやない。月間通して順次入荷はあるやないか」

金木の目が、助けを乞《こ》うように他の本部長たちに向けられる。彼らはその視線から逃れるように、素知らぬ振りを決め込む。

「言えんのならワシが言うたろか。これは、押し込みちゃうか。売り上げ目標を達成するために、多少の無理を聞いてくれる取引先に、月を跨《また》げば返品を受けるっちゅう条件で、商品を押し込んどんのやろう」

「そんなことはないと思います」

「思います言うてもな、赤伝が山ほど切られとるやないか。しかも、実際には倉庫から商品が出荷もされてへんもんもある。これは立派な押し込み、いや、架空売り上げと違うんか。どないなんや」

赤伝とは返品伝票のことで、紙の色がピンクであることからそう呼ばれる。一同が明らかに動揺している様子が手に取るように伝わってくる。銀行出身の社長に、商社の営業ましてや現場の絡繰《からく》りなど分かるはずがないと高《たか》を括《くく》っていたのなら大間違いだ。

銀行だろうが商社だろうが、ノルマに追い詰められた営業マンなら考えの行き着く先は同じだ。苦し紛れに当座の数字を繕おうとするに決まっている。

もっとも銀行の場合、架空の実績を挙げようと思っても、金という現物がなければどうにもならないが、その点、現物を動かす商社は違う。金木の言葉を借りれば、それこそ長い付き合いで、無理を聞いてもらえる取引先に泣きついて、売りだけは立ててもらい、月を跨いだところで返品伝票を切ることが可能だ。

更に看過できないのは返品前提であったとしても、売りが立った限り、客は返品分の商品代金を含んだ額の手形を切らねばならなくなるということだ。何らかの条件を提示しない限り、不要な資金を用意しなければならなくなる客が、そんな要求に易々《やすやす》とは応ずるはずがない。

金木は顔面を蒼白《そうはく》にして、俯《うつむ》いたまま黙ってしまう。

「富松君。どないなんや。あんたのところも同じようやが、営業努力の賜物言うたんはこれのことか。いったいウチの営業マンはどないな条件を出して、赤伝前提で売りを立ててもろうてんねん。答えられんのやったら、それはそれで問題やで」

名指しされた富松は、額に脂汗《あぶらあせ》を浮かせ、

「実は、これも以前から行われている業界の慣習と申しますか……」

と苦しげに呻《うめ》いた。

「繊維業界は、インチキがまかり通るんか」

「インチキと言われると返す言葉もございませんが、お察しの通り、赤伝を切ることが前提で、売りを立てるのは、以前からあったことで──。それに際して、初回の決済分が過払いとなるわけですが、それを補うために、商品をサンプル、あるいは販促進費の名目で在庫から落とし、事実上無料で提供する──」

「それで」

富松の言葉が終わらないうちに、滝本は訊ねた。「まだあるやろ。銀行屋はな、帳面見のプロやで。売りと出荷の品数が、赤伝の分を差し引いても合わんのや。それも、無視でけんほどにな」

　富松は愕然《がくぜん》とした面持《おもも》ちで滝本を見ると、覚悟を決めたように声を震わせた。

「量を買ってもらう先には、出荷指示があるまではこちらで商品を預かり置くということをしております。客先にしてみれば、量を買う代わりに値引きも大きくなる。在庫の保管場所にも困らない。もちろんウチにとってもメリットはあります。そんな条件を提示できるのは、それだけ大量に商品を買ってもらえる先ということで――」

「何がメリットや！」

　滝本は一喝《いっかつ》した。「お前らは、どないな感覚をしてんねん。なんぼ売りが立ったいうても、商品が倉庫に残れば、場所代がかかるやろ。倉庫に空きがあるなら使うて何が悪いと考えるなら大間違いやで。場所代やってタダやない。倉庫が広けりゃ管理の手間もかかれば作業効率も落ちる。作業効率が落ちるいうことは、人手がそれだけかかるっちゅうことや。第一、入出荷に際しては、そのつど蔵入れ蔵出し料がかかるやないか。同じ商品を出し入れしとったら、儲けが減るやろが」

　滝本には、この経営感覚の甘さが我慢ならなかった。

　蟻《あり》の穴から堤《つつみ》も崩れるの例えがあるように、外見は立派でも手が抜かれた工法で築かれた城は脆《もろ》い。少なくとも、自分の築く城は強大無比のものでなければならない。なのに現場を仕切る棟梁《とうりょう》がこの様《ざま》では、大工、左官がまともな仕事をするはずがない。

「おい、滋藤《しげとう》」

滝本は、業務本部長の名を呼んだ。主に営業成績が問われる会議である。まさか自分の名を呼ばれるとは思ってもいなかったのだろう。滋藤が慌てて姿勢を正す。

「電算部に命じて、全営業マン別の売り上げ、営業利益、課別の営業利益、それにかけたコスト。交通費、人件費、接待費、その他諸々、一切合切を連動させ、一週、ひと月、一年ごとに一目瞭然になるようなシステムを大至急構築させろ」

滝本は命じると、

「浪速物産に、無駄な社員はいらん。無駄というのは、会社に利益をもたらさん人間のことや。社員一人一人の貢献度は、すべて数値化する。給与、賞与はもちろん、昇格昇進もその結果を反映させる。でけんもんには、それなりの待遇に甘んじてもらうことを覚悟してもらう」

一同を見渡しながら、宣言した。

5

会議は一時間半ほどで終わった。

部屋を出たところで、

「滝本はん……」

と背後から呼び止める声がある。

専務の矢畑《やはた》だった。旧制中学を卒業して入社以来五十年余り、浪速物産一筋に勤め上げた男で、早坂体制下の番頭格である。

長身痩軀《ちょうしんそうく》、一見したところ神経質そうな印象を受けるが、実際は温厚な人柄で、社内の人望も厚い。そして何よりも早坂の忠実な僕《しもべ》である。一族体制の下で、血縁者以外が望みうる最高の地位を得たことがその証だ。

「少し、お時間をいただけますか」

落ち窪《くぼ》んだ眼窩《がんか》の奥で、濁《にご》った瞳をでろりと光らせながら矢畑は申し出る。

「午後は東京で会議がありますのや」

滝本は断ろうとしたが、自分より一回り近い年長者である。ちらりと腕時計を見や

り、

「十五分ほどなら」

矢畑を従えて社長室に入った。

「で、改まって何ですかな。会議の場では言えんことですか」

滝本はソファに腰を降ろし、シガーケースに手を伸ばした。

「率直に言わしてもらいます」

矢畑は背筋をぴんと伸ばし、両膝に軽く握った拳を置いて、思い詰めたような口調で切り出した。「滝本はん。商社は文字通り、商いをするところでおます。確かに商いの結果は数字に表れる。そやけど、その数字を作るにも、まず取引先との厚い信頼関係ありきです。そして信頼関係というもんは、一朝一夕《いっちょういっせき》にしてできるもんやおまへん。種を蒔《ま》き、芽吹いた葉が枯れんよう水をやり肥やしをやりして育てていく。その結果が実りとなって表れる。一週間、ひと月の数字を追っていたら、育つもんも育たんようになってしまいますがな」

「社員の会社に対する貢献度を数値化するのは間違いやと言いたいんでっか」

滝本は、ふうっと吐き出した煙を目で追いながら訊ねた。

矢畑は会社を窮地に陥れた戦犯の一人である。そんな男に、自分が下した指示に異議を唱えられる謂《いわ》れはない。それにも増して、矢畑が今に至っても、滝本を名前で呼ぶのが不愉快極まりない。

「銀行さん、それもいづみのような大銀行ともなると、行員さんは二年、三年単位で日本全国の支店を転々と回る聞いてます。転勤の辞令も突然で、客先への挨拶《あいさつ》すらそこそこに次の勤務地に向かうもんやとも。なるほど、そないな仕組みなら、人間関係を築く暇《ひま》もあらしませんやろ。行員さんの能力を測るにも、業績を数値化するしかおまへんわな。そやけど、商社の財産は人でおます。取引先との信頼関係が第一なんですわ」

「じゃあお訊きしますが、その厚い信頼関係で結ばれていたはずの浪速物産が、経営危機に陥って、取引先の誰が救いの手を差し伸べてくれましたかね。浪速が危ないのならワシが一肌脱ぐちゅうて、大きな注文くれはりましたか。救いの手を差し伸べたのは、銀行やないですか」

滝本は、矢畑を睨《にら》みつけると、突き放すように言った。

「確かに、浪速がこれほどの短期間で立ち直れたのは、いづみの支援があればこそ。いや、それ以上に滝本はんの手腕の賜物いうのは認めます。今までの経営が甘かった言われれば、返す言葉もありません。そやけど、社員の働きを数値化して、給与、賞与、果ては昇進にまで反映させるいうのは行き過ぎや思います。今日、明日の数字に追われて、客先のケアが疎《おろそ》かになれば、拾える商いも拾えんようになってしまいます」

「ウチの営業はそれほど阿呆《あほ》ですか」

「えっ？」

「誰も客先のケアを疎かにしろとは言うてませんよ。それどころか、当たり前の頭を持ってるんなら、数字を達成するためには、今まで以上に客と密な関係を築かなならんと考えるのと違いますか」

そんなことにも頭が回らんのかと滝本が言外に匂わせると、一瞬、矢畑は顔を強ばらせたが、

「実際に、弊害が出てきとるんですわ」

困惑したように視線を落とした。

「弊害？」

「客先から無視でけんほどのクレームが来とるんですわ」

滝本は目で先を促した。

「滝本はんが、在庫を圧縮せい言うものやから、納品が間に合わず、生産計画が狂う

てもうた。こないな状態が続くなら、浪速との取引も見直さなならん言うてきとるんです。それも新規の客先よりも古くからの大口の方がクレームの件数は多いんですわ」

「客が便利や思うちゅうことは、それだけウチが客の負担を負うてるからと違いますのん。ここで在庫をまた元のレベルに戻したら、同じ轍《てつ》を踏むことになりまっせ。さっきの会議で言うたように、客先の事業計画、生産計画をしっかり把握していれば、そんな事態は起こらへんのと違います？」

「現場、特に営業は混乱しとんのですわ。商売のやり方を変えろ言われても、まず、お客さんありきや。今でさえ滝本はんの指示に従おう思うて現場が精一杯やのに、貢献度を数値化し、個人レベルで管理する言われたら、間違いのう現場の目は社内に向きます。それではお客さんをないがしろにすることに繋がりまっせ」

矢畑は、必死の形相で食い下がる。

「私は信賞必罰。高い貢献をした者には、今まで以上の給与とポジションを与える言うてるだけですよ。今までの浪速では望めんような報酬、地位を、実力で手にする大チャンスやないですか。やる気になって当然、端から困惑する人間は、スタートラインにつく前に負けを認めてるようなもんやないですか」

たかだか、与えられたノルマを達成し、どれほどの営業利益を会社にもたらしたかを数字で表し、それを給与、昇進に反映させると言っているだけの話だ。スタートラインが皆一緒なら、ゴールまでの距離もまた同じ。端からスタートラインも違えばゴールも違う銀行に比べれば、恵まれたレースだ。

不条理以外の何物でもない競争を、己の力で乗り越えて今の地位をものにした身には、矢畑の言葉は泣き言としか思えない。

「そこが問題やと思うんです」

しかし、それでも矢畑は食い下がる。「年齢、経験、一切問わず。出来る者が若くして出世するいうような体制にしたら、下克上《げこくじょう》の風潮が生まれます」

「それが悪いことでっしゃろか」

「部下が上司に。若い者が年配者の上に。人間、そないなことを、簡単に受け入れられはしませんやろ。腐り、駄目になっていく人間も出てくれれば、己のことだけ考えて、人の脚を引っ張り、なぎ倒してでも前へ進もういう人間も出てきますやろ。それに、万が一にでも降格の憂《う》き目に遭えば、給料は下がる。これは社員にとって深刻な問題でっせ。一定の年齢に達すれば、借金して家も買うてるやろし、学校行かせてる子供もおりますがな。会社いうもんは、そういう事情を考慮して、給与、人事を考えないかんのと違いますか」

じゃあ、早坂一族はどうなのだ。代々、浪速物産に君臨し続けることを当然と考え、銀行や総合商社でほんの数年飯を食い、入社するやいきなり課長、そこから先は、数年ごとに昇進を重ね、十年もしないうちに役員の座に納まる。そして社長になる日を当たり前のように待つ。同族経営のあり方に何の異議も唱えない一方で、番頭、丁稚《でっち》の序列が乱れるとなるといきりたつ。

馬鹿げてる――。

滝本は、早々に議論を打ち切りたくなったが、

「矢畑はん。今回はいづみが浪速を支えましたけどな、二度目はありまへんで。それにやね、社員の生活言わはりますけど、会社が潰れてしもうたら、それこそ丸裸で社会に放り出されるんでっせ」

失笑を浮かべながら言い返した。

「しかし、嫌気がさして、会社を辞める人間が続出することも考えられます。昇格しても、来年はどないなるかも分からんいうようなことになれば、なんぼ優秀な人材かて――」

「そない簡単に、会社を辞める人間はおらしませんって」

滝本は断言した。「浪速を辞めてどこへ行きますのん。繊維の専門商社では日本一の会社ですよ。給料もええ、世間にも名が通っている。名も知れぬ中小企業ならもろ手を挙げて歓迎してくれるところは山ほどあるやろけど、その逆はない。残って挽回《ばんかい》するんか、辞めてわけの分からんどこぞの会社に移るんが得か、その程度のことは考えるまでもなく分かることですがな」

「そしたら、降格された人間はどないしますのん」

「人間には適材適所、何も営業が仕事の全てやおまへんやろ」

「業務はスペシャリストの集団でっせ。管理職に就くまで営業にいた人間が、すぐに業務に来て役に立ちますかいな」

「浪速にはぎょうさん子会社がありますからな。そこへ行ってもらういう手もありまっせ」

滝本は短くなった煙草を灰皿に擦りつけた。「矢畑はん。浪速もいつまでも繊維の専門商社いう看板に甘んじててはあかん。繊維業界は、オイルショック以降、回復の兆《きざ》しがない。もはや構造的に立ち直りは難しい。ここら辺で、別の柱を置かんと、今度何かあれば、そのまま沈没してしまう危険性が高い。私は、新規事業の開発にも、力を注がなあかんと考えてますんや」

「滝本はん。それは、簡単な話ではおまへんで」

矢畑は滅相《めっそう》もないとばかりに首を振った。「ウチは繊維の専門商社でっせ。ものになりそうな事業は、ことごとく大手総合商社が握っとんのです。力の分散は、かえって組織の弱体化を招きます。そないな冒険をするよりは、繊維の商いを更に強化し掘り下げる。ウチの取引高をもっと大きくすることに全力を傾けるべきやと私は思います」

「言うてることが矛盾《むじゅん》してますがな。組織を強化するために、営業成績を数値化する、能力ある人材を厚遇するっちゅうプランに異を唱えたばっかりやないですか。それならどないしてその繊維の商いを強化できるっちゅうんですか」

「しかし、新規事業を始めようにも、社内には繊維以外の商売を経験した人間は皆無でっせ。市場を調べ、実際の商いに繋げるまでには時間もかかれば人手もいります。戦力も分散するし、何よりも資金が必要になります。なんぼ会社が赤字を解消した言うたかて、どないして手当てしますのんや」

「資金なら私が引っ張ってきます。人がおらんと言うなら、外から連れてくればええやないですか」

「そないなことが本当にできますやろか」

信じられぬように矢畑は言う。

「できますがな。いづみやて貸してなんぼの商売をしてんのや。筋のええ事業やと思えば――」

「そうやない。滝本はん。あんたのことや」

矢畑が我慢がならないとばかりに滝本の言葉を遮《さえぎ》った。「組織っちゅうもんは、図体《ずうたい》がでかくなればなるほど、部下への権限の委譲《いじょう》が必要になるもんでっせ。ましてや、新規事業、それもその市場に精通した人間を外から連れてくるとなれば、素人《しろうと》は口出しでけへんようになる。滝本はんにそれが我慢できますか」

「そないなことを言ってたら、総合商社に社長はおらんでしょう」

滝本は薄ら笑いを浮かべながら腕時計に目をやると、「そろそろ出んと新幹線に間に合わん」

話は終わったとばかりに立ち上がった。

「滝本はん。あんたの手腕は認めます。しかし、この会社が復配した暁《あかつき》には、代表権を返上するっちゅうのが鏑木さんとの約束や。お願いやから組織をぐじゃぐじゃにするような真似だけはせんといて下さい」

そんな約束があったとは初めて知ったが、滝本は驚かなかった。

代々一族で経営を引き継ぎ、会社を我が物と考えてきた人間が、経営を他人に委《ゆだ》ねたままにしておくわけがない。

そうでも言わずば、早坂が銀行に再建を委ねる気にはなりはしなかったろうし、倒産されれば融資が焦《こ》げ付く。鏑木は責任を問われることになる。

そして鏑木にしてみれば、どんな手柄を立てようとも、所詮自分は手駒のなかの一枚。それも「歩」だ。意のままになるという考えを抱いていたに違いなかろう。

だが、今回ばかりは違う。そう簡単に、手駒に戻るつもりはない。

浪速はワシの城や。誰の手にも渡しはしない——。

滝本は、答える代わりに、

「もうそのはんづけでワシを呼ぶのはいい加減、止めてくれませんか。ワシは社長やで」

冷ややかに言うと、まだ何かあるのかとばかりに矢畑を睨みつけた。

6

浪速物産労働組合執行部の七名が、初めて『とうこ』で会合を持ったのは、六月半ばのことだった。

「ええ店やないか。伊崎もなかなか隅《すみ》におけんなあ。どないして見つけたん」

奥の上がり座敷に腰を据えたところで、委員長の柏木《かしわぎ》が熱いおしぼりで顔を拭《ぬぐ》いながら言った。

「知り合いの紹介です。料理も美味いし、何よりも勘定が安い。それからちょくちょく使うようになりまして」

「自分、住まいは高槻《たかつき》やったな。電車賃払って来るほど安いんか」

会計担当の松野《まつの》が訊ねてきた。

「料理はお任せで六千円。それに酒代です。一万円あれば充分食って飲めます」

「こんだけの店でか」

「それでまともな料理が出てくるんやったら、接待にも使えるな。何せ、社長が滝本さんに代わってからは、接待費も満足に使われへんようになってしもうとるからな」

松野の言葉を受けて、賃金部長の大平《おおひら》が改めて店の中をぐるりと見渡す。

「それは勘弁して欲しいね。京都まで足を運んでもらったのは、大阪ではどこで人が聞き耳を立てているか分からないからだ。接待で使われるようになれば、別の店を探さなきゃならなくなってしまうだろ」

入社年次では二年下の大平に向かって、伊崎は言葉を返した。

「せやな。会社の業績管理は、ますます締めつけが厳しくなる一方や。今期の執行部は、今までのように賃金交渉に専念してれば済むっちゅうもんやない。成り行き次第では、滝本さんと正面切って渡り合わないかんようにもなるやろし――」

教宣部長の片岡《かたおか》が苦い顔をする。

「まあ、一人一万円。全組合員から徴収《ちょうしゅう》した金で飲み食いできんのが、執行部の数少ない役得の一つや。かといって、調子こいとったら何を言われるか分からへんからな。人目につかんに超したことはないで」

柏木は、薄く笑いながら上着を脱いだ。

執行部の定例会議は週一度、本社近くのマンションに借りた部屋で行われる。もっとも、専従役員は一人もいない組合だから、全員が通常業務を兼務している。特にノルマに追われる営業部に所属している者は、定刻の出席がままならぬことの方が多い。その点、ここならば遅れるメンバーを待つ間、ゆっくりと料理を味わうこともできれば、酒も飲めるのも好都合だ。

「おいでやす」

桐子が先付が入った小鉢を机の上に置く。

「ビールを貰おか。喉がからからや。三本ほど持ってきてんか」

柏木がすかさず声を上げる。

「へえ。おおきに」

「料理はお任せでお願いします。遅れているのが二人いるけど、その分は後で……」

桐子は心得ているとばかりに、優しい笑みを浮かべ伊崎に向かって頷く。

前に来た時には滝本が同席していたせいで緊張していて気がつかなかったが、桐子が着る和服からは白檀《びゃくだん》だろうか、仄《ほの》かに甘く柔らかな香りが漂ってくる。

「しかし、えらいことになったもんや。こない毎週毎週数字に追われとったら、満足な営業なんてできへんで。どこの事業部の連中に訊いても、数字の帳尻合せでてんてこ舞いや。それも本部長自らが部どころか、課レベルの業績にまで毎日チェックを入れてきおる。もう、営業の現場は限界やで。この分やと潰れる人間も出てきてもおかしゅうないで」

深い溜息と共に柏木が漏らした。繊維本部生地《きじ》部第一営業課課長代理が彼の肩書である。

「確かに滝本さんが会社の負債を短期間で解消したのは事実ですけどね。その功績は認めるが、どうもあの人は、数字がどないして作られるんかちゅうことを、理解してへんと思うんです」

メンズ・ジュニア部第三営業課課長代理の大平がすかさず同意する。「営業の数字は真っすぐ右肩上がりの一次曲線やない。帳尻合せ言うわけやないけど、期末になって、ぐわっと上がる二次曲線を描くのが普通なんです」

「しかし、さすがは帳面読みのプロだけのことはあるで。営業の数字作りの絡繰《からく》りを、見事に見抜いたっちゅうやないか」

花の営業と言われるほど、営業マンが幅を利かせているのが商社である。業務本部で物流という裏方仕事をしている身には多少なりとも胸のすく話だったのか、松野は滝本を弁護するような口ぶりである。

「お前ら業務の人間が羨《うらや》ましいわ。書類仕事に数字は関係あらへんからな。毎日目え血走らせた上の連中から、今日はどやった、今週はどないなんねんと問い詰められる身にもなってみい。頭がおかしゅうなるで」

「実際、冗談じゃなくこの間なんて便器に血の小便がついていたんですよ。繊維本部では、自律神経を病んで、営業を外された人間が二人も出てるんです。ここまでくると、冗談じゃなく死人が出たって不思議じゃないですよ」

松野の言葉が癇《かん》に障《さわ》ったと見えて、片岡に続いて大平も声を荒らげた。

「お待たせしました」

桐子は、しっとりと汗をかいた瓶を持ち上げると、それぞれのグラスにビールを注ぐ。

白い割烹着から覗く象牙《ぞうげ》色の肌が艶《なま》めかしい。調理を行うせいもあってかマニキュアが塗られていない素のままの指先が、かえってそこはかとない色香を感じさせる。

「すぐにお料理をお持ちしますよって……」

乾杯はなしだ。

「まあ、滝本さんのことや。早晩、業務の人間にも厳しい目標を定めてくるに決まってるがな」

グラスを一気に空けた柏木が、コップをテーブルの上に置くなり言った。「売り上げや、純利や言うても相手のあるこっちゃ。限界ちゅうもんがある。となれば、次に目が向く先は、経費、人件費の削減に決まっとるがな。松野君を前にしてこんなことを言うのは無礼やけど、業務の仕事はある程度の経験を積めば誰がやっても差が出んようになる。それなら、社歴が長いちゅうだけで高い給料を払うより、安い給料の若手を登用した方がええっちゅうことになるやろ」

「営業は実績。業務はどんだけコストを削減したかが評価の基準になると？」

片岡が言うと、松野は苦々しい顔をして視線を落とした。

「当然やがな。そうでもせんと滝本さんの打ち出した、営業マンを間接経費を含めた数字で管理するという手法と、業務との間で人事考課に不公平感が生まれる。営業の人間は黙っちゃおらんで」

「そないなことが簡単にできるもんやろか」

松野が誰に訊ねるともなく低い声を漏らした。

「できるがな。課長代理の松野君と、部長の給料比べてみぃ。どんだけの差がある思う。おそらく年収にすれば倍程度の差があるやろ。部長の仕事にそれだけの報酬の差をつけなならん理由はあるか？　極端な話、課代に部長は務まらんか？」

柏木の問い掛けに、松野が黙る。

「ひょっとすると、今回の営業実績の数値化は、ドミノ倒し的な人事。それも不要と目された人間を一掃することを狙いとしているのかも知れませんね」

大平がはたと思いついたように言った。「同時に業務部には人件費を含めた経費の削減を命じる。さすがに基本給をいきなり下げるわけにはいかないでしょうから、いじるのはボーナス。当然、人事考課の低い人間の給与は年収ベースで格段に落ちる。中には、やっていけないとばかりに辞める人間も出てくるでしょう。あるいは基本給そのものを減らせる子会社への出向、転籍という手もありますわな。そこに営業実績を挙げられない営業マンを当て嵌《は》める——」

「営業マンといえども、業務は素人。しかし社歴相応の働きは求められる。そこでも絶対に高い人事考課は得られない」

と片岡。

「もし、そうやとしたら、滝本さんの本音《ほんね》が出てくるのはこの年末あたり。来年のベア、賞与を含めた賃金交渉の場やろな。営業マンの実績の数値化に伴って、新人事制度、あるいは新給与体系を打ち出して来る公算は高いで」

柏木は断定的に言うと、どう思うとばかりに伊崎に視線を向けてきた。

「そう見るべきだろうね」

それまで黙って話の成り行きを聞いていた伊崎は、ようやく口を開いた。「総合商社ほどではないにせよ、ウチの会社の給料は、専門商社の中では高額な部類に入る。業績に比して人件費の占める割合が高いことは事実だからね。経営危機から脱したといっても、繊維業界を取り巻く環境は年々厳しさを増すばかりだし、在庫、経費の削減で、何とか復配を遂げる目処が立ったといっても、売り上げそのものが格段に良くなったわけじゃない。収益率を上げようと思えば、目が行くのは、コストの削減、何よりも人件費であることは間違いないんだ」

「で、書記長として伊崎はどう考えるんや。滝本さんの目論見《もくろみ》を肯定《こうてい》するんか」

柏木は、伊崎よりも入社が二年上である。まして生《は》え抜きの営業マンだけあって、後輩を相手にすると言葉遣いがぞんざいになる。

「経営者の取るべき手法としては、否定できないと思うけど、問題はそのやり方ですよね」

無能な人間が組織から排除されるということは、生き残ることを許された人間への原資が増えるということでもある。ましてや一族経営の中にあっては、決して叶うことのなかった強く、大きな会社に浪速物産が生まれ変わる大チャンスが到来している。

そのこと自体に異議はない。

伊崎は続けた。

「信賞必罰は当たり前。組織に貢献した者は、厚く報《むく》われるべきだと言われればその通りでしょう。だけど、社員には生活がありますからね。我が身に置き換えても、嫁さんも貰えん、ましてや家なんか恐ろしくて買えないなんて会社に勤めて、幸せだと思う人間がどこにいますか」

三十五歳にして未だ独身の身を引き合いにだすと、一同の間に初めて笑い声が上がった。

「すると、そないな事態に直面したら、組合としては断固対峙《たいじ》の姿勢を取る。その覚悟があるっちゅうんやな」

柏木が念を押すように訊ねてくる。

「嫁もいない、家もない。失う物が何もない自分が、怖じ気づくわけにはいかないでしょう。腹を括って交渉の席に臨む覚悟はありますよ。ただ……」

伊崎がそこで言葉を区切ると、

「ただ、何や」

柏木が先を促した。

「滝本さんはあの通りの人ですからね。組合が何と言おうとやることはやると、自分の方針を頑として曲げないと思うんです。その時、どう戦うか。綿密な戦略、戦術を事前に練り上げておかないと到底太刀打ちできませんよ」

「いざとなったらストでも何でもやればええがな。闘争資金はぎょうさんあるで。二日や三日ストをしてもびくともせんわ」

大平が、威勢のいい言葉を吐く。

ストを打てば職場を放棄した時間分の賃金が給与から差し引かれる。徴収した組合費の一定額は、その補塡《ほてん》を目的とした闘争資金として積み立てるのが決まりである。ましてや、これまで一度もストを打ったことのない組合だ。三日どころか一週間ストを継続しても賄えるだけの潤沢《じゅんたく》な資金があるのは事実だが、大平の言葉は些《いささ》か拙速に過ぎる。

「客先あっての商売で、ストなど打てますか」

伊崎は冷ややかに言った。「それに、この戦いはそれほど単純なものではないですよ。もし、我々従業員が方針に従えないと判断するのなら、滝本さん自身を排除するぐらいの覚悟がないと――。それに、仮にこの執行部で勝利を収めたとしても、我々の任期は一年。次の執行部が言いなりになれば、反旗を翻した我々はパージされ、到底達成不能なノルマが与えられる部署に飛ばされるか、子会社に出向、転籍だってありえますよ」

「完全に息の根を止めんことには、こっちがやられてまうか……。しかし排除となると、簡単な話やないで」

柏木が腕組みをしながら天井を仰いだその時、入り口の引き戸が開くと、労対部長の飯塚《いいづか》と副委員長の赤井《あかい》が揃《そろ》って現れた。

「すまん、遅うなってしもうた」

二人は口々に言いながら、座敷に上がり込むと、座に加わった。

「ああっ、効くわ。このところ、毎日徹夜続きみたいなもんやったからなあ。ほんま、酒を飲むのは久しぶりや」

飯塚はビールを一息に飲むと、顔を皺くちゃにしながら深い息を吐いた。

「例の新システム作りですか」

大平が訊ねた。

飯塚は電算部システム開発課に所属しており、滝本が命じた営業実績を数値化する新プログラムの開発に当たっている。

飯塚は苦しい顔をして黙って頷き、駆けつけ三杯とばかりに、自ら注いだビールを呷《あお》った。

「しかし、そないなシステムが簡単にできるもんなんか。実績を個人ベースで管理するなんて、どないすんねん」

片岡が問いかけると、飯塚は手を止め、

「君が考えるほど、難しくはないよ。ざっくり言えば、伝票には社員コードを書くやろ。同時に部課のコードも入れるわな。今までは、日次、週次、月次で部課別にソートして、実績を管理しとったんやが、今度は社員コードでソートすればええだけやしな」

わけもないとばかりに言い、またグラスを呷った。

「社員コード言うても、今までは伝票を書いた人間のもんを入れとったんやで。俺のとこなんて、女子社員のもんやがな」

「そやから、これからは営業マンのコードを入れろっちゅうことや。いままで伝票を書いた人間のもんを入れさせとったのは、記載ミスがあった時に誰が書いたかを突き止めるため。今度は営業マン個人の実績を管理するためや。ちなみに、赤伝、接待交際費、会議費、サンプルの出荷伝票。とにかく、物と金が動くものに関しては、すべての伝票に本人の社員コードを記載することが義務づけられる。ここが今回の新システムのミソや。ここまで言えば、どんなもんができるか分かるやろ」

要は、営業マン一人ひとりのバランスシートができ上がるということだ。更にこれに自分の給与、課の女子社員、間接部門の経費を結びつければ、与えられた報酬が稼ぎに見合ったものかどうかが一目瞭然になる。こんな書類を突き付けられれば、ぐうの音も出ないに決まっている。

一同の間に、重い沈黙が漂った。

「管理いうか、従業員をとことん締めつけることに関しては、滝本っちゅう男はほんま、よう頭が回るで。感心するわ」

飯塚は、吐き捨てるように言うと、煙草をくわえた。

「お待たせしました。お造りどす」

場の空気を察したのだろう、

「ごらんの通り、人手のない店ですよって、一緒に盛らせていただきました」

桐子は控えめな口調で言いながら、大皿に盛った刺し身をテーブルの上に置いた。

「こら、いよいよ対策を練らなあかんな」

沈黙を破ったのは柏木である。彼はそれから暫《しば》しの時間を掛けて、二人の到着前に話し合われた内容を要約して話して聞かせると、

「こないなことをやられてもうたら、どんな有能なやつでも潰れてまうがな。ほんまに滝本さんを追い出す以外、ワシらが生き残る術はないで」

最後に断言した。

「実は、それについては役員連中も何とかせなあかんと思うてるらしいんや」

黙って話に耳を傾けていた赤井が口を開くと、一同の視線が彼に集まった。

「この間、ウチの本部長と客先を回る機会があってな。そこで聞いた話なんやが

──」

赤井はそう前置きすると続けた。

「みんなの推測通り、滝本さんの狙いは信賞必罰を謳《うた》う一方で、業績の上がらぬ社員を整理し、人件費を削減してさらに高い純利を挙げるということにある。それは間違いないんや」

「本部長レベルには明言しとるんやな」

「いや、そうやない。新システムの導入を命じた本部長会議の直後、矢畑専務が滝本さんを諫《いさ》めたらしいんやが、明言したのはその時や」

「あの矢畑さんが、滝本さんを諫めた？」

片岡が驚いたような声を上げた。無理もない、旧体制下では早坂一族の忠実な僕として仕《つか》えてきた茶坊主である。彼が、面と向かって滝本に苦言を呈するとは意外である。

「社員は疲弊するばかり。商社の経営は銀行とは違う。商社の財産は人やと言うたらしいわ」

「ええことを言うやないか。矢畑さんにしては上出来やで」

松野が声を弾ませる。

「ところが、滝本さんはこう答えたそうや。いつまでも浪速を繊維の専門商社にしておくつもりはない。新規事業に乗り出し、総合商社化を目指す。そうでもせな、浪速に将来はないと——」

「新規事業て、何をすんねん。その前に組織ががたがたになってもうたら、元も子もないやろ」

柏木は呆《あき》れた口調で言った。

「しかしな、矢畑さんが諫言《かんげん》したのにはちゃんと理由があるんや。会社の業績が回復した時点で、滝本さんはいづみに帰る。代表権は会長に返上することが、事前の合意事項やったというんや」

「ほんまか」

身を乗り出す面々を見ながら、伊崎はそんなはずはないと思った。

もし、それが本当のことなら、浪速の将来のビジョンを自分に話して聞かせることなどなかったろうし、そもそもがこんなシステムを構築しようなどとは考えもしなかったはずだ。

もちろん、早坂といづみの密約ということも考えられないではないが、ここで箍《たが》を緩めれば、浪速の業績が再び低迷することは十分に考えられる。

一度失敗した経営者に、再びチャンスを与えるほど銀行は甘くないはずだ。

この話は、信ずることはできない。

「で、滝本さんはそのことを知っとるんか」

片岡が先を促した。

「それは分からん。しかしな、役員連中も面従腹背《めんじゅうふくはい》。滝本さんのやりかたにはほとほと困り果てとることは確かや。何せ、一番きつう締めつけられとるのは当の役員連中やからな。この間課長がぼそっと漏らしたんやが、俺んとこの本部長なんぞ、滝本と刺し違えるなら本望やとまで言うとるらしい」

「口だけやのうて、ほんまに刺し違えられるもんならやって欲しいわ」

松野が軽口を叩いた。全員が苦笑を浮かべながら頷く。

「そやけどな、矢畑さんは腹を括ったらしいで」

赤井は一人真剣な顔で続ける。「状況が整い次第、矢畑さん自らいづみに乗り込んで、代表権を会長に戻し、滝本さんには引き揚げてもらうよう、鏑木頭取に申し入れるそうや」

「状況が整い次第ちゅうのは、どういうことや。腹を括ったんならさっさと直談判《じかだんぱん》に行けばええやないですか」

大平がじれたように言う。

「それがなあ……、どうも会長が煮え切らんらしいんや」

「そりゃ早坂さんにしても痛し痒《かゆ》しでしょうね」

伊崎は思わず口を挟んだ。「そもそもいづみから滝本さんを送り込まれるような事態を招いたのは、誰でもない早坂さんだ。社長時代も、床の間の置物みたいなもんで、実務は矢畑さんをはじめとする役員連中が仕切っていたわけですからね。その点から言えば、戦犯と言える役員は、据え置かれたまま。復配したとたんに会社の業績が悪化したら、二度目はあり得ませんからね」

「そしたら会長は当てにならんか……」

柏木は溜息をつくと、「やっぱり滝本対策は我々で考えなならんちゅうことになるか」

思案するように視線を落とした。

「やり方があまりにも悪辣《あくらつ》ならば、対処する手だてがないわけじゃないですよ」

伊崎は静かに言った。「何よりも効果的なのは、組合としての強い姿勢を示すことじゃないでしょうか。これまでの組合は、会社と対峙せず、労使協調路線を敷いてきましたが、まずそこからの脱却を図る——」

「どないする言うねん」

柏木が訊ねてきた。

「方法の一つとしては、現在加盟している全商労よりももっと先鋭的な組合組織に加盟し、大きな組織の支援を受けることがあるでしょうね。全商労は加盟している他社の賃金交渉経過と、モデル賃金といった情報交換の機能しか持っていませんが、政治色の強い労働組合団体なら、恣意《しい》的、あるいは不当と思われる行為には表に立って、支援してくれますからね」

全商労とは主に専門商社が加盟している労働組合団体のことだ。

もっとも、全商労の場合、大規模な労働組合団体とは違い、加盟各社の労働活動を支援するものでもなければ、特定の政治団体を支援することもしない。

何しろ、所謂《いわゆる》ホワイトカラーが絶対的多数を占める業界である上に、組合幹部に指名されるのは、将来会社の幹部にと目される人間がほとんどである。当然、交渉は労使協調路線。会社と対峙してまで労働問題の解決にあたることなど望むべくもない。

伊崎は、敢えて過激な提案をすることで、誰がどんな見解を述べるか、本気の度合いを計《はか》った。

「それも一つの選択肢ではあるとは思うけどやね……」

飯塚が小首を傾げた。「滝本さんに対抗するだけのために、組合が先鋭的な団体に加盟してメリットはあるんやろか。断固たる姿勢言うたら結局は訴訟《そしょう》やろ。判決が出るまでには長い時間がかかるし、費用負担を組合が援助せなならんことになれば大変や。執行部の任期は一年。メンバーが頻繁に変われば、継続支援も難しい。それに、会社の方針に盾《たて》つき通す役割を長いこと続けるっちゅうことは、社内の出世を諦めるのも同然やしな。そないなことを誰が引き受ける」

「ウチの社風には合わんやろうな。第一、労働争議は早坂さんが最も嫌うことの一つやで。これまでの組合の賃金交渉やって、会社から事前に内示があって、あとはなんぼ上積みできるかの相談みたいなもんやったっちゅうしな。それに飯塚の言うように、労働組合のプロになろうと浪速に入ったヤツなんて、社内のどこを探してもおらへんで」

片岡が即座に言葉を継いだ。

「だったら、他にどんな方法がありますかね。組合が講じられる対抗措置いうたら、それしか思いつきませんけど」

「こら、一度上に相談を持ちかけた方がええんちゃうか」

「上と言いますと？」

伊崎は赤井に訊ねた。

「ウチの本部長の金木さんや。刺し違えてもええと言っとるくらいや、組合が一致団結して味方になると言えば、何か策を出してくるかも知れへんで」

「あの人はあれでなかなかの野心家やからな。滝本さんが来る前は、矢畑さんの次の専務は金木さんと目されていた人や。このままやと滝本に会社は乗っ取られる。早坂さんが返り咲きを躊躇《ちゅうちょ》してるんなら、いっそあんたが社長になって、床の間を掃除してやったらどないやいうたら、金木さんもその気になるかもしれへんで」

同じ繊維本部にいる柏木は真顔で言い、「もっともそれも早坂さんの承認があってのことや。そやけど、早坂さんの了解さえ取りつければ、目はあるで。なんぼ、いづみがバックについとるいうたかて、取締役会の過半数が解任に賛成すれば首は切れるんや」

遠くを透かし見るように目を細めて声を落とした。

「ということは六人か」

飯塚が念を押す。

「わけもなく集まるに決まっとるわ。役員にしたところで、錐《きり》で尻を突かれっ放しじゃたまらんに決まっとる。六人どころか、十人全員が解任に賛同するんと違うか」

「しかし、早坂さんがうんと言いますかね。浪速の歴史上、早坂一族以外の人間、ましてや生え抜きがトップに座ったことは一度もないんですよ。金木さんに社長の座が務まらないと言うつもりは毛頭ないけど、経営立て直しのために外様《とざま》を迎えることは甘んじて受けても、生え抜きとなると早坂さんだって――」

話が思わぬ方向に展開してきたことに、伊崎は慌てて口を挟んだ。社長といえども、株式の過半数を所持していない以上、取締役会の過半数の同意があれば、解任できるのは商法の定めるところだ。

しかし、そんな事態を迎えれば、浪速の労働環境は社員にとって楽なものになるだろうが、それは同時に自ら破滅への道を突き進むようなものだ。浪速が生き残る道はただ一つ。組織を屈強無比な人間で構成し、更に大きな利益を手にして新分野へ乗り出していく以外にありはしないのだ。

「そないなことはやってみんと分からへんがな」

柏木はもはや方向性は決まったのだとばかりに断じると、「鍵を握るのはまず金木さんやな。組合員の総意として、滝本さんがやろうとしてる営業実績の数値化が、新賃金体系、及び新人事制度の導入を意味するのであれば、断固として戦う。同時にこんな理不尽極まりない制度導入を目論む滝本さんは社長として不適格とみなし、退陣を求めることを辞さない覚悟やと訴えようやないか。金木さんがこちらの意向を理解すれば、話は自然と矢畑さん、そして会長へと上がるはずや」

声に力を込めた。

7

専用車の後部座席に座りながら、伊崎を書記長に任命したのは正解だったと滝本は思った。

古い暖簾の上に胡座《あぐら》をかき、のうのうとしてきた連中だ。喉元過ぎれば熱さを忘れるの諺《ことわざ》どおり、経営危機を脱してもなおお鞭を振るい続けられれば、楽ができた過去を想うのが人の常だ。そしてそれが謀反《むほん》という形になって現れるであろうことも――。

だから、伊崎から一報を受けた時も滝本は驚かなかった。

むしろ胸中に込み上げてきたのは、役員たちの不甲斐なさに対する怒りだ。結託して、自分を排除しにかかるならまだ見どころがあるというものだが、部下には「刺し違えてもいい」と勇ましい言葉を漏らしながらも、実行に出るでもない。謀反は事前に相手に悟られては成功は覚束《おぼつか》ないことも分かってはいないのだ。ならば俺が見せてやる。人を斬る時は黙って、ばっさりやるものだということを——。

滝本は、ふんと鼻を鳴らすと正面を見据えた。

車が緩い坂道を登り始めると、やがて前方に遥《はる》か先まで続く蔦《つた》に覆われた石壁が見えてくる。

早坂正介の邸宅である。

芦屋《あしや》市六麓荘《ろくろくそう》。豪邸が建ち並ぶこの街にあっても、早坂の邸宅は他を圧倒する。邸内には樫《かし》や銀杏の大木が茂り、門扉《もんぴ》が開いても中の様子は窺い知れない。奥へと続く石畳の道にそのまま車を乗り入れ、緩いカーブを曲がると、ようやく前方に緑青《ろくしょう》の浮いた銅葺《どうぶ》きの屋根が見え、石造りの洋館が姿を現す。

「ご苦労さまでございます。どうぞこちらへ」

車寄せに降り立つや、使用人らしき中年の女性が頭を下げ、滝本を邸内に誘った。そして、玄関から次の間に続くドアを開いた途端、眩《まばゆ》い光に満たされた巨大な空間が開けた。

二階まで吹き抜けになったリビングである。

天井まで届く一枚ガラス。その先には芝に覆われた庭が鬱蒼《うっそう》と茂った樹木を背景に広がる。部屋の傍《かたわ》らには石造りの暖炉《だんろ》があり、それを囲むようにして革張りの応接セットが置かれている。

「やあ、よう来てくれはった。ささ、こっちへ来て座りなはれ」

早坂はリクライニングチェアから立ち上がり様にソファを目で指した。

すでに六十半ばに差しかかっているはずだが、小麦色に日焼けした肌には張りと艶《つや》がある。代表権を渡してからというもの、彼の仕事は財界活動が主だが、そんなものは月に二度か三度あるかないかだ。ほとんどは趣味のゴルフに興じる毎日を過しているのだろう。今日のいでたちにしてからが、半袖のポロシャツに綿のパンツという軽装である。同時にそれが、社長といっても使用人に会うにはこれで充分という早坂の本音の表れであるように滝本には思えた。

「ご無沙汰しております。今日は、ご自宅までおしかけまして、申し訳ございません」

滝本は丁重に頭を下げた。

「そないなことは気にせんでええがな。会社の経営はあんたに任せてると言うても、ワシも会長や。たまには現場の話を聞かんと惚《ぼ》けてまうがな」

早坂は鷹揚《おうよう》に答えると、「それに、わざわざここにまで足を運ぶいうからには、何か大事な話があるんやろ」

早々に来訪の目的に水を向けてきた。

「実は、いよいよ新規事業に乗り出そうと考えておりまして――」

「繊維から商売を広げるっちゅうわけか」

滝本の考えや動向は矢畑が逐一《ちくいち》ご注進に及んでいるはずである。果たして早坂は驚くふうでもなく答えた。

「浪速が抱えていた負債は解消し、会社にも余力が生まれてまいりました。しかし、従来通り繊維一筋の商売を続けていたのでは、業界の好不調の波をまともに受けます。リスクに備えるためにも新たに柱となる事業を持たななりません」

「あんたの言うことは分からんでもないけどな。さて、何をするっちゅうんかな。確かに会社は、あんたのお陰で持ち直しはしたが、事業を広げるなると新しい商売の知識もいれば、経験もいるで。ウチにそないな人材はおらへんのと違うか」

「私が考えておりますのは、今いる社員が持つ能力を活用した、金が金を生む事業です」

「なんや、相場商品でも扱おうっちゅうのんか」

「いいえ、そうではありません。ファイナンスを足がかりに事業を拡張しようと考えております」

「ファイナンス言うたら、金貸しのことか」

早坂はじろりと滝本を睨むと、一転してふっと笑い、「それは商社の仕事とは違いますやろ。餅屋は餅屋や。素人が手を出してもうまいこと行かへんのと違いますかな」

やんわりと否定した。

「いや、そうとも言えませんよ。商社ならではのファイナンスもあるかと――」

易々とこちらの提案に乗ってくるとは端から思ってはいない。滝本は落ち着いた口調で続けた。

「大企業の場合はともかく、銀行が中小企業に資金を融資する際には担保を取ります。しかし、貸し付ける金額は、担保の範囲内かといえば決してそんなことはありません。財務内容と事業計画を子細に検討し、有望と踏んだ先には担保の倍、あるいは三倍の額でも貸すものです」

「そらそうやろ。貸付先の事業が順調で拡大傾向にある。金も充分回っとるというなら、銀行も貸してなんぼの仕事や。担保以上の資金を用立てるやろ」

「ところが、いくら事業が順調だ、金が回っているといっても、それが四倍、五倍の金を出すことはまずありえません。つまり一旦貸したが最後、事業資金に限らず、個人向けの住宅ローンでも追加融資はしない。その点で銀行の方針は徹底してるんです」

「住宅ローン？」

そんな借金をこれまでの生涯で一度たりとも経験したことなどないに決まっている。果たして早坂は訊ね返してきた。

「たとえば三千万円のローンを組んで家を買った。それを賃貸に回し、月々の支払い額を上回る家賃収入を得ている人間が、もう一つ家を買いたいと言っても、最初のローンが完済されない限り、銀行は絶対金を出さんのです」

「そら、貸家は貸家や。店子《たなこ》が出れば家主にはびた一文入ってきいへん。二つローンがあれば銀行への払いは倍になる。ローンが焦げつくっちゅうことも考えられるからやろ」

「その通りです。企業にまず追い貸しをしないというのも同じ理屈です。しかし、世の中には、銀行よりも多少金利は高くとも構わない。資金があれば事業はさらに勢いづく。前向きな資金需要を抱えている企業はごまんと存在するんです」

「銀行は金貸しのプロや。それがこれ以上は貸せんと踏んだ先に、追い貸しする言うんか。そないな商売が成り立つんか。危険極まりないことのように思えるが」

早坂は、納得がいかない様子で小首を傾げた。

「やり方さえ間違えなければ、十分に――」

「どないする言うのや」

「銀行からの融資に加えて、どこまで金を貸せるか。事業の推移、決算内容は徹底的に調査、把握する。つまり、相手の経営状態を丸裸にするわけです。その上で融資を実行し、その後も監視の目を緩めない。そして万一の場合は、即座にしかるべき手を打つ。人材を送り込み梃《てこ》入れを行うのもその一つです。担保では賄い切れないほどの負債を抱えられて倒産されたのでは元も子もありませんからね」

まさに浪速物産の場合がそれに当たる。

早坂はそこに思いが至ったのだろう、不愉快極まりないという顔をして、滝本をじろりと見る。滝本は平然と続けた。

「物を右から左に流して口銭《こうせん》を稼ぐのだけが商社の商いではないでしょう。取引先を育てるのも大事な仕事です。事実、ウチは浪速ファイナンスという子会社があり、そこを通じて取引先に資金の融通をしてるじゃないですか」

「そら、ウチとこの会社の取引先は大手ばかりやない。小商いに毛が生えたようなとこもぎょうさんあるよってな。当座の資金が足りんと言われれば貸しもせんならん。浪速ファイナンスがそうした先のためにあるのは事実やが……」

「当然、融資を行うに当たっては、担当の営業マンが取引先の財務内容も見れば、事業展開の可能性についても検討し、その上で資金を貸し付けても問題ないと判断したからこそ融資が実行されているわけですよね」

「しかしな、浪速ファイナンスが融資するのは、主に繊維業界やで。昔からの付き合いの中で、経営者の顔も知っていれば商いの様子も手に取るように分こうてる。そやから安心して金を貸してるんや。それに、あんたも知っての通り、昔とは違ってそないに景気のええ業界ちゅうわけやない。前向きの資金需要より、どちらかと言えば、当座の資金の遣り繰りに汲々《きゅうきゅう》としてる先が多いんや。金貸しで大きく儲けよう思うたら、業界を問わずっちゅうことになるやろ。そらなんぼなんでも危険と違うか」

「それを可能にするための組織改編を行おうと考えています」

「どないするっちゅうんや」

早坂は警戒するように低い声で訊ねてきた。

「融資、審査に長《た》けた人間を三名ほどいづみから役員として迎え、彼らの指導の下に事業部から選出した人間を置き、金融のノウハウを学ばせようと――」

「いづみから三人も？　あんた、それは――」

「これは、浪速を総合商社化するための最も安全かつ一番早い方法なんです」

滝本は早坂の言葉を遮ると続けた。「従来の商いの延長線上で新規事業を立ち上げるのは容易なことではありません。人材もいない。新規取引先の商いの筋の善し悪しも分からない。その点、銀行は融資を通してこの世に存在するほとんど全ての業界を網羅《もうら》してます。情報も持っています。彼らの指導を仰ぎながら、融資を行い、相手を管理していけば、自然と人材は育ちます」

「奨学金、それも返さんでええ金をもらいながら、ウチの営業マンに異業種の勉強をさせようっちゅうわけか」

早坂はようやく合点《がてん》が行ったようである。

「それだけではありません。役員、あるいは経営指導という名目で社員を送り込むことができれば、状況次第ではそのまま融資先を浪速の傘下《さんか》に取り込むことも可能になるかもしれません」

しかし、滝本が続けて言うと、早坂は再びそこに我が身を重ねたのか、

「いかにも銀行屋の考えそうなことやな」

露骨に不快の色を顔に浮かべ、吐き捨てるように言った。

「会長は、いづみから新たに三名もの役員を迎えれば、浪速が植民地になってしまうのではないかという懸念を抱かれるかも知れませんが、それは違います。むしろ私は、浪速が総合商社として生まれ変わる盤石《ばんじゃく》の基礎を築いた上で、会長に代表権を返上したい。いづみからの社長は私で最後にしたい。その一念からご提案申し上げているのです。もっとも、会長が経営再建は終わった。今まで通りの商売で、浪速は充分やって行けるとお考えになっているなら話は別ですが」

滝本は、返答次第では自分が経営から身を引く覚悟があるということを暗に匂わせた。

もちろん、ブラフである。

早坂は、腕組みをして暫し沈黙したが、やがて口を開くと、

「確かにあんたの言う通り、繊維一本で食うていけるほど、業界の将来は明るうない。新規の分野に商売を広げんと、早晩会社の規模は維持でけへんようになるやろが――」

溜息混じりに漏らした。

「生き残るためには市場に合わせて、規模を縮小しながら拾える商売だけを拾う堅実

な経営に出るか、あるいは、新規の商売に打って出るか、二つに一つの道しかないということになります。しかし、守りの経営は間違いなく衰退を意味するものです。攻めを放棄した企業に未来はありません。ならばどちらの道を選ぶかは、おのずと明らかかと——」

浪速ほどの企業となると、事業は拡大するより、縮小することの方が困難が多い。そして何よりも後ろ向きの仕事は多大なエネルギーを必要とするものだ。

早坂にその先頭に立って指揮をとれるほどの力はない。彼もそれに気づかぬほどの馬鹿ではない。

早坂は再び口を閉ざす。

「銀行も将来が見えない先には金は貸しません。人も出しません。会長がそれでも駄目だとおっしゃるならば、もはや私は何も言いません。復配を実現したら、ただちに身を引きます。ですがこれだけは言わせてもらいます。今度浪速の経営が窮地に陥っても、同じようにいづみが支援の手を差し伸べるとは限りませんよ。仏の顔も三度までと言いますが、銀行は仏ほど慈悲深くはありません。一度だけです」

滝本はここぞとばかりにたたみかけた。

「しかしな、会社の将来のためや言うても、役員をいづみから新たに迎え入れる言うたら、他の役員連中がうんと言うかな。あんたの手腕は誰しも認めるところやが、やり方については社内に不満が鬱積《うっせき》しとると聞いとるで」

「ほう、そうですか。会長が私のやり方が間違っていると思われるのなら、この場で解任していただいても構いませんが」

育ちのせいもあるのだろう、早坂は決断力に欠ける上に、押しには弱い。間違っても「そうか」とは言うはずがない。彼にそれだけの度量があるのなら、会社が経営危機に陥る前に、断固とした処置を施《ほどこ》していただろう。

滝本はぴしりと言い放ち、早坂の目を見据えた。

「いや、そんなつもりで言うてるんやないで。まあ、古い連中はいろいろ言うさかい、つい……な」

言質を取ってしまえば、目的は半ば達成されたも同然だ。

「楽して儲かる商売なんて、この世のどこを探してもありません。それに私が社員に課したハードルは、同時に我が身に課したハードルでもあるんです。万が一にでも浪速が赤字を出すようなことがあれば、責任を取って自ら社長の座を辞する。そうでなければ大事な会社をお預け下さった会長に申し訳がたたない。強い決意と覚悟を持って、経営に挑んでいるんです」

滝本は止めとばかりに、声に力を込めた。

「分かった」

早坂は滝本の言葉から逃れるように立ち上がると、「あんたがそこまで言うならやってみたらええわ。思惑通りにことが運べば、浪速の商売も大きくなる。それにあんたは金貸しのプロや。まかり間違っても損をだすようなことはおへんやろ」

窓際に歩み寄り、空を見上げた。

その後ろ姿を見詰めながら、「あとは鏑木や」と、滝本は心の中でほくそ笑んだ。

8

「どないしはったん？　今日はまた、えらい激しく……」

滝本の腕の中で、行為の余韻《よいん》を引き摺《ず》るように、桐子が荒い息を吐きながら訊ねてきた。薄暗い明かりの中に、陰影を濃くした桐子の顔が浮かび上がる。

まだ乾き切っていない桐子の名残を指先に感じながら、滝本は息を深く吸い込み呼吸を整えた。

「ええことがあったんやね？　絶対そうやわ」

「なあんも説明せんとも、体を合わせりゃすべては分かるっちゅうわけか」

滝本は思わず苦笑いを浮かべた。

「ねえ、何があったん。教えて？」

「浪速が新規事業に乗り出すことになったんや。それに当たっての社内体制作りのお墨付きももろうた。いよいよ滝本政権が本格稼働するんや」

「滝本政権は結構やけど、足元は大丈夫なん？　この間伊崎さんたちが店に来て、なんや物騒なことを話してはりましたけど」

「その話は伊崎から聞いた。そやから先手を打ったんや」

「お墨付きいうのは早坂さんにうんと言わせたいうこと？」

「それもある。そやけど、早坂いうのはとんでもない坊ちゃん育ちやからな。強く出る相手にはとことん弱い。茶坊主連中がぎゃあぎゃあ騒げば、前言を簡単にひっくり返すどころか、ワシを解任することも呑んでまうかもしれへん、念には念をいれとかんとな」

「ほな、どないしはったん」

「今日の昼、いづみの本店を訪ねてな、鏑木さんを味方につけたんや」

滝本は乱れた桐子の髪を直してやりながら言った。「事業拡張にあたり、取締役を三名派遣してくれ言うたら、そら大乗り気でな」

「三人もでっか。そしたら浪速はいづみの植民地になってしまうやない。そら、あんたの狙いはそこにあるんやろうし、鏑木さんが乗り気になるのも分かるけど、よう早坂さんが承知しましたな」

「そら、二人がうんと言うだけの理由があるからや。事業拡張言うても、繊維の商いしか知らん連中や。鉄をやれ、石油をやれ言うてもすぐにものにできるわけがない。しかしな、金貸しなら話は別や。貸す相手を間違えなんだら黙っていても金が転がり込んでくるいうのが金貸しの醍醐味《だいごみ》や。そして世の中には、銀行よりも高い利子を払っても、金を借りたいいう会社はぎょうさんあるよってな」

「あんたが考えた新規事業ちゅうのは、高利貸のことなん」

滝本は、尖《とが》ったままの桐子の乳首を指先で玩《もてあそ》ぶ。

「高利貸なあ……。銀行よりも高い金利を取るいうことではその通りかもしれん。そやけど、ワシが考えてんのはそない単純なものやない。金を貸すに当たっては、相手を知らなあかん。業界の動向も逐一詳細に把握することも必要や。当然担当者は異業種であろうとも否応なしにその業界に詳《くわ》しゅうなるやろ。危険を冒さず、繊維以外の分野に浪速が進出しよう思うたら、それくらいの準備は必要やがな」

「そして、あんたの方針に逆らう人間はそこに飛ばすいうわけなん」

勘のいい女だと思った。

滝本は桐子の胸にやった手を離し腹這いになると、枕元に置いた灰皿を引き寄せ煙草に火をつけた。

指先から桐子の残り香が微《かす》かに漂ってくる。

「浪速はワシの城や。そやけど、今になっても家臣は早坂を主《あるじ》と仰いどる。そないな連中を放置しとけば、いつ寝首を掻かれんとも限らんからな。新事業が軌道に乗り次第、随時役員は入れ替えや」

滝本はふうっと吐いた煙を目で追った。

「今の役員は全員解任するつもりなん？」

「いずれそうなるやろが、当面は過半数を押さえることやな」

「それも全部いづみから？」

「過半数を押さえるまではそうするつもりやが、その先は状況次第やな。金を貸すいうても焦げ付かせたんでは話にならん。金を貸す人間には、相手の支払い能力、事業の先見性を見抜く力が必要や。要は金を貸し、管理していく人間は経営者としての資質を持ち合わせていなならん。それが証拠に経営が窮地に陥った企業が、銀行から人

材を派遣してもらうやろ。そやけどな、銀行の貸し先がすべての業界を網羅している
わけやない。事業の広がり次第では、その業界に詳しい人間を他所から引っ張ってく
るいうことは充分ありえるやろな」
「過半数押さえるまでなんてできますやろか」
桐子は声を曇《くも》らせた。「なんぼメインバンクいうても、経営危機を脱した会社に次
から次へと銀行が役員を送り込むなんて、普通ではできへん話やわ。三人かて異例中
の異例と違います？　そら、銀行かてポストが余っているわけやない。黒字になった
浪速。ましてや一部上場の商社。出す方は言いやすい、出される方も悪い話と思わな
い。そやからこそ、鏑木さんもあんたの申し出を諸手を挙げて受け入れてくれはった
んやろうけど――」
「鏑木さんにとってもな、銀行の本業という点でも、浪速の金融業が拡大するのは願
ったり叶ったりなんや」
仄かな明かりの中で、桐子の濡れた瞳が先を促す。
「いづみに限った話やないが、ここのところ、銀行の融資案件は伸び悩み傾向にあっ
てな。貸し先がなけりゃ銀行は儲けがでえへん。かといって貸付先をむやみやたらに
増やすわけにはいかんのが銀行や。その点、浪速は痩せても枯れても東証大証一部上

場、繊維商社としては日本一の大企業。赤字も解消したことやし、金を貸すには申し分のない先や」

「要は、浪速に対して貸した金がどこに貸し出されようと、そこから先は浪速の責任。いづみは一切与《あずか》り知らぬ。貸した金に約束通りの金利がついて戻ってくればええちゅうわけ？」

「そういうこっちゃ」

滝本は頷いた。「貸付先の審査は浪速が行う。管理、回収するのも浪速や。いづみは浪速本体の経営状況だけを把握してればええ。ましてや、ワシも含め、いづみ出身の人間が経営陣の中に四人おんのやで。心配いらず手間いらず。それどころか、浪速の金融事業が順調に行けば行くほど、資金を供給するいづみの儲けはでかくなるんや。鏑木さんは、浪速相手の融資ならウチが面倒見たる言うて、物凄うよろこんではったわ」

「なるほどねえ。浪速の赤字を僅《わず》か二年で解消してみせたことで、あんたが経営者として有能なことは実証済み。ましてや、銀行マンとしてのあんたを評価しはったのは鏑木さん。あんたが、大商社の看板掲げて、本業の金融業に乗り出すいわはんのなら、鏑木さんかて二つ返事でやれいわはりますやろ」

桐子は納得したように頷き、「で、当然派遣されてくる三人の役員の目星はついてはりますのん？」

と訊ねてきた。

「三人とも、ワシの部下やった人間をもらうことにした。そのうちの一人はお前もよう知っとるヤツや。ほれ、京都南口支店におった頃、営業課長をやっとった向井《むかい》っちゅうのがおったやろ」

「ああ、あの高卒の……」

桐子がはっとして言葉を呑む気配が伝わってくる。

「ええのや、他の二人も高卒や。ワシの下で充分な働きをし、よう知っとる人間を敢えて指名したんや」

桐子は何と答えていいものか、言葉を探しあぐねている様子で押し黙った。滝本は続けた。

「お前も知っとるように、銀行っちゅうとこは学歴社会や。なんぼ行き先が浪速や言うても、大卒の人間が高卒の社長に仕えることを面白く思うわけあらへんやろ」

桐子は、無言のまま滝本の言葉に聞き入っている。

「その点、高卒の行員なら別や。実績をなんぼ挙げても支店長止まり。いづみにいては役員にはまずなれんいう人間が、一流商社の役員に迎えられるんや。引き上げてくれたワシに、恩を感じもすれば、忠誠も誓うやろ。ワシが欲しいのはな、そういう人間や。手となり足となりして、意のままに働く兵隊が欲しいんや」

「ご免なさい……。私……」

桐子は震える声で、小さく呟く。

「だからええって」

滝本は宥《なだ》めるように言うと、「鏑木さんもそないなことは先刻お見通しや。何も訊かずに、三人を浪速に出すことを承諾してくれはったわ」

煙草を灰皿に擦り付けた。

「向井さんは、よう働く人やったものね」

「将来を嘱望される一流大学出の行員でもな、役員の座に就けるのは、何十年という時間の中で篩《ふる》いにかけられ選び抜かれたほんの一摘《ひとつま》みの人間や。運も必要だが、何よりも重要なのは強力な武器を持つことや」

「武器？」

桐子が問い返す。

「銀行でも武器いうたら、有能な部下のことや。鏑木さんの場合、まさにワシがそれやったんや」

滝本は、昔に思いを馳《は》せた。「鏑木さんと会《お》うたのは、二十年前の丸の内支店時代やったな。異例の早さで重要店を任された支店長でな。目標達成に対する意識の強さはそら並大抵のもんやなかった。もっとも成績が振るわなくとも叱責《しっせき》するわけではない。罵声《ばせい》も浴びせなんだが、ただ月曜の朝の始業前、そして月初めの一日に、週ごと、月ごとの実績表を部下に突き付け、『俺は結果以外の評価はせえへん。目標は達成して当たり前。ぎりぎりの合格点、成績表で言うなら可や。良がつくか優がつくかは、目標をなんぼ上回ったかや。失敗は恐れるな。穴を開けても、それを上回る実績を残せば評価する。差し引きでプラスなら、それでえぇのや』、そら冷徹な口調で言うだけでな」

「百の叱責よりも、数字が全て。かえって怖おすな」

滝本は頷いた。

「目標未達の部下は、容赦なく切り捨てられ、地方の弱小支店に飛ばすんや。大卒も高卒も関係なし。こうなると、むしろ恐怖を覚えるのは大卒や。一度評価に×がつけばもはや挽回不可能。それが銀行の世界の掟やからな。逆に高卒は失うものなど無い分だけ、腹は据わる――」

「そして、評価もまた公平やったんやね」

「そうや。そやしワシはそれまでに増して必死に働いた。前日よりも今日。先週よりも今週。そして先月よりも今月。より高い成績を、もっと多くの客を、沢山の預金をとな――。気がつけば三年の間に、丸の内支店の預金残高は倍増。その六割はワシが獲得してきたものになっていた。その実績が認められて、鏑木さんは経営幹部の道に乗ったんや」

「それも、あんたいう強烈な武器を携《たずさ》えて――」

「そうや。ワシがいづみの役員になれたのは、鏑木さんのお陰や。そら感謝してもしきれへん。場末の支店長止まりがええところの身にしてみれば、望外の出世や。そやしな、向井を浪速に迎えてやれば、あいつも同じような気持ちをワシに抱くと思うねん。忠誠を誓い、必死に働き、まさにワシの武器となるに違いないわ」

「でも、あんたの目論見通りに事業が展開していけば、いづみにとって浪速の価値は今まで以上に増すのと違うの。あんたはさっき、他所《よそ》から人材を引っ張ってくることもあるいう話をしはったけれど、うまく行ったら行ったで、鏑木さんも浪速を自分の意のままにしたくなるのと違いますやろか」

桐子もさすがに銀行で働いた人間だと滝本は思った。爪の長い人間は嫌ほど見てきたろうし、人が良くては務まらぬのが銀行マンであることもよく知っている。まして や、熾烈《しれつ》極まりない競争を勝ち抜き頭取にまで上り詰めた鏑木が、そうした行動に出ることは充分にあり得ることだ。もちろんそこに思いが至らぬほど迂闊《うかつ》ではない。

「そら、お前が言うように、この商いが大きくなれば、いづみは浪速への影響力を増そうと考えるやろな。鏑木さんも、そう易々と頭取の座は明け渡すはずがない。できるだけ長く、今の地位に留まろう思とるに決もうてるしな。そのためには台頭してくる人間の芽を摘んでしまうに限るわな。浪速の商いが順調に行けば行くほど、そうした人間を追いやる先には持ってこいの存在と鏑木さんには映るやろ」

滝本は桐子の疑念を肯定してやった。

「あんたがそうやったように、浪速物産の看板は、いづみの役員の行き先としては遜色ないものね」

「もっとも頭取候補と目される人間や。なんぼ浪速の役員いうても、高卒に仕えろっちゅうわけにはいかんやろ。そん時は社長で送り出さんことには格好がつかんがな。しかし、それではワシが困る」

「なんか、手を打ちはったんどすな」

桐子が確信じみた口調で訊ねてくる。滝本は、笑みを漏らしながら仰向けになった。

「鏑木さんには江理《えり》いう一人娘がおってな。他に子供はなし、小さい頃から、そら大事に育ててはったんや。その娘が高校を卒業する時に絵を勉強したいと言い出してな。東京の美大にやったまでは良かったんや。ところが在学中に男ができてな。卒業と同時に、結婚する言い出したんや」

「何をやってる男なん？」

「デザイナーちゅうことにはなっとるが、本当のところは頭に自称をつけなならんほどのチンケな小商人《こあきんど》や。鏑木さんは断固として反対したらしいんやが、娘も一歩も引かん。泣く泣く結婚を許したんやが、今に至るまで婿《むこ》は大成する気配がない。娘が画廊で働いて得る収入と、鏑木さんの援助があって生計を立てているのが現状や」

「分かったわ」

桐子がはっとした声を上げた。「デザイナーといえば服。服といえば繊維……」

「その通りや。ウチにはアパレル事業部があるよってな。そこを通じて婿さんのブランドを立ち上げてやると言うたったんや」

「大丈夫なん。売れもしないデザイナーの服を扱って、商売になりますのん」

「何も婿さんの服をそのまま作らんでもええ。新しく立てるブランド服のデザイン監修料、あるいは企画料という名目で、何ぼか金を支払ろうてやるだけでも鏑木さんにとったら御《おん》の字や」

「で、鏑木さんはその話に乗ってきはったん？」

「あの人にも面子《メンツ》があるよってな。二つ返事で頼むとは言わんよ。浪速の意向は婿に伝えると気のない振りを装《よそお》ってはいたが、娘夫婦のことはあの人の唯一の泣き所や。受けるに決まってるがな」

「つまり、あんたが浪速にいる限り、娘夫婦の生活は安定する。浪速のブランドのデザイナーとして、婿さんも世に出れる。結果鏑木さんが抱えてきた最大の問題も解決するいうわけやね」

滝本は、桐子に顔を向けると、

「まっ、毒饅頭《どくまんじゅう》を投げてやったわけや。鏑木さんがこの饅頭を口にすれば、ワシとは運命共同体や。ワシを切ろうという気配を見せれば、ことの経緯を明らかにすることを匂わせりゃええ。いづみの頭取ともあろう者が、取引先の会社に身内の便宜《べんぎ》を図ってもろうたなんてことが知れてみい。それこそ進退に関わる大問題やで」

大口を開けて呵々と笑い声を上げげた。桐子は、薄い笑みを浮かべながらそれに応えていたが、急に真顔になると、

「こうして、あんたの野望が次の段階を迎えようとしているのは、伊崎さんのお陰や わ。あの人、あんたの命令を忠実に守って、組合や取締役の不満を引き出したんよ。忠臣は大事にせなあきまへんえ」

と諭《さと》すように言った。

「そやな。あいつには何か褒美《ほうび》をやらんといかんな。しかし、何がええかな」

もちろん、人事において彼を取り立ててやるつもりではあるが、組合のこともあ る。今日の明日というわけには行かない。かと言って、褒美にせよ罰にせよ与えるものは早いに越したことはないのだが、何がいいかとなると俄には思いつかない。思案を巡らす滝本に向かって、

「あの人、三十五歳でまだ独身やいうてはったし、誰ぞお嫁さんでも世話してあげはったらええんやないの」

桐子が思いついたように声を弾ませた。

「そうか、伊崎はまだ独身か。そらええかも知れんな。もっとも誰ぞ心に決めた人がおるかも分からんよってな。お前、折を見て伊崎に探りを入れてんか」

滝本は、悪くない話だと思いながら桐子に命じた。

9

春闘が終わり、新執行部への引き継ぎが済むと、『とうこ』へ通う頻度はめっきり少なくなった。

その日、伊崎は久方ぶりに京都を訪れた。前に来たのは執行部の慰労会の時だから、ちょうどひと月になる。馴染みの店にぶらりと足が向いたというのではない。「預かり物がありますよって、お一人でおいでいただけませんでっしゃろか」と桐子から電話があったのだ。

六月はめぼしい祭事がないこともあって、古都が幾分静けさを取り戻す時期だ。終業時刻と同時に会社を出たせいで、日はまだ高い。四条烏丸《からすま》の表通りの混雑ぶりは相変わらずだが、一歩路地に足を踏み入れると、人影はまったくない。

伊崎はまだ「支度中」の看板がかかった『とうこ』の引き戸を開けた。

「おいでやす……。あら伊崎さん」

カウンターの中で水仕事をしていた桐子が、笑顔を向けてくる。

「やっぱり京都ですね。えらい湿気だ。大阪もたいがいだと思っていましたが、京都に比べりゃ大分マシです」

　預かり物のことが気になったが、用件をいきなり切り出すのは無粋《ぶすい》というものだ。伊崎は汗で湿った上着を脱ぎながらカウンターに腰を降ろした。

「先だってはおおきに」

　桐子がカウンター越しに箸を置き様に礼を言った。

「いや、済みませんでしたね。本当はもっと楽しい宴会になるはずだったんですが、荒れ模様になってしまって……」

　伊崎は慌てて詫びの言葉を口にした。

「ええんどす。こない小さな店ですよって、浪速の皆さんのお話は否応なしに耳に入ります。この一年、いろいろ話し合われてきたことが、満願成就《まんがんじょうじゅ》どころか一つも叶わへんかったんやもの。荒れる気持ちは分かりますわ」

「満願が成就したのは滝本さんです。すでに会社は四月から導入された新人事制度の下で動いてますしね。その効果も確実に現れてます。これから浪速はどんどん変わりますよ」

「制度一つで会社がそない変わるもんですのん？」

　伊崎の注文は承知とばかりに、桐子はビールをグラスに注いだ。

「そりゃあ変わりますよ」

伊崎は一息にグラスを空けると続けた。「もっとも営業の連中は随分前から数字に追われてきたから、大して変わりはないんですけど、業務の連中は大変ですよ。なんせ間接経費の削減目標を明確に課せられたんですからね」

「無駄をとことん無くせいうことでっか」

「そんな単純なもんじゃありませんよ。滝本さんが最重要視しているのは、売り上げも然《さ》ることながら、純利の確保にあるんです」

「物が売れれば儲けは出るもんと違いますの？」

「いくら売ってもその分経費がかかったら、儲けにならないでしょう。桐子さんの商売だって同じじゃないですか。千円で出す料理に九百円の材料を使ったら、手間を考えりゃ赤字でしょう。高い純利を上げようと思ったら、材料費を安くしなけりゃならない」

「そらそうですわね」

「そこで滝本さんが打ち出したのが、売り上げと経費比率の連動化です。業務部には徹底的に仕事を見直し、削減目標を課した。その上、期首に立てた売り上げが達成できない恐れがある場合には、年度途中でも間接経費の予算をカットして純利を確保することにしたんです。こうなると、業務部の人間も、営業実績と純利の双方に無関心ではいられませんからね。四月以降、月曜の朝ともなると、業務部の管理職は前週の売り上げデータと首っ引きですよ。なにせ、利益が予定通りに上がっていなかったら、経費も使えないし、ことによると賞与も減らされるかもしれないんですからね」

「それは、ええことなんでっしゃろか。使えたはずのもんが使えへん。貰えるはずのもんが貰えへんいうことになったら、困るんと違いますのん」

桐子は真顔で訊ねてきた。

「削れる経費はなんぼでもあるということですよ。あまり大きな声では言えませんけど、会議費、接待費といっても、半分、いやひょっとするとそれ以上が社内接待で使われてるのが現実ですからね。それが管理職の匙《さじ》加減一つでまかり通っていたわけです。まあ、仕事を見直して削減目標を達成すれば、それも今まで通り使わしてやると言ってるんですから、無茶というほどのことではないと思いますよ」

伊崎は本心から言った。

いくら売り上げが上がっても純利が得られぬ仕事は意味がない。純利が上がれば企業の体質は強くなる。それは同時に、労働基盤が確固たるものになるのと同義である。その点から言えば、滝本の打ち出した方針は経営者として当たり前でありこそすれ、非難されるところは一つもない。

「浪速は変わりますよ。すでにいづみから三人の役員が送られて仕事を始めてるし、来週開かれる株主総会で矢畑さん、金木さんは役員退任。滝本体制がいよいよ整い、新規事業の進出にも拍車《はくしゃ》がかかるというものです」

「役員さんが二人も退任って、首でおますか？」

伊崎の言葉に桐子が目を丸くする。

「矢畑さんは、いいかげん歳だし、引退。金木さんは、浪速ファイナンスの役員に就任する予定です。滝本さんは、商社金融に力を入れる方針を明言してますし、金木さんは繊維業界には詳しいからね。その手腕を買われたってところじゃないですか」

「そしたら、他にも浪速ファイナンスに行く人も出てくるんやおへんか」

「力を入れると言ってるんですから、そうなるでしょうね」

おそらく、組合執行部に身を置き、滝本の方針に異議を唱えようとした連中の多くは遅かれ早かれそうなるだろう。彼らを炙《あぶ》り出す役割を担ったのが自分だと思うと、後ろめたさを覚えなくはないが、同僚とはいえ、所詮はライバルである。いずれは限られた椅子を巡って争うことになるのだ。

それが少し早く来ただけの話だと伊崎は自らに言い聞かせ、

「それにしても、さすがは滝本さんがいづみから呼んだだけのことはありますよ。新しい役員の働きぶりは猛烈ですよ。ファイナンス事業もこの半年の間に、凄い勢いで伸びてますからね」

と話題を変えた。

「よろしゅうおしたな。滝本さんも、伊崎さんには感謝してはる思いますえ」

桐子は意味あり気に言うと、「ところで伊崎さん。前にええ人はおらんと言ってはりましたが、その後どないどす。誰ぞ好きな女子《おなご》はんができましたやろか」

真正面から伊崎の顔を見詰めてきた。

「三十六まで独身で来た男に、降って湧いたようにいい人なんかできるわけないでしょう。社内の女子社員にしたって、三十過ぎて独身だと、何か変な趣味でも持ってるんじゃないかと色眼鏡で見るようになって、誰も寄ってきませんよ」

「良かった」

桐子はカウンターの上の収納棚の扉を開け、「そしたら、これ見ていただけます？」

白い封筒を差し出してきた。

「預かり物というのはこれのこと？」

中身は見ずとも察しがつく。見合いの写真に決まっている。

伊崎が訊ねると、

「滝本さんからどす。会社じゃ人目があるよって、伊崎さんに渡してくれ言わはりまして……」

桐子は、自然な動作で背を向け、突き出しの支度に取り掛かった。

封筒を開けると、中には三枚の写真と身上書らしき数枚の便箋《びんせん》が入っていた。

写真はいずれも欧州の街を背景にしたスナップである。見合い用に撮られたスタジオ写真とは違い、自然な笑みを浮かべた若い女性の姿が写っている。化粧は濃くないのだが、顔の造作にメリハリがあり、それが勝ち気な印象を与えはするが美人である。

「どないどす。なかなかの別嬪《べっぴん》さんでっしゃろ」

桐子は突き出しの入った小鉢を伊崎の前に置いた。

「なんだ、桐子さんの検品済みか」

「滝本さんが、伊崎さんが気に入ると思うか言わはるもんで、写真はしっかり見せてもろうてます」

桐子は戯けた口調で言い、「何や、大事な取引先のお嬢さんや言うてはりましたけど」

と続けた。

伊崎は、顔が赤らむのを感じながら、身上書に目をやった。

曽根美智子《そねみちこ》、二十五歳。学歴を記した短い行が続き、最後は東京の私立女子大を終えたところで終わっている。そして二枚目。家族の経歴が記されたところで伊崎の目が止まった。

父　曽根文弘《ふみひろ》　五十五歳　鳳味亭《ほうみてい》株式会社代表取締役

とある。

「驚いたな。鳳味亭の社長のお嬢さんじゃないか」

思わず伊崎は声を上げた。

「鳳味亭いうたら、食品関係どすか？」

「関西にはまだ進出してませんが、関東、東日本にファミリーレストランと居酒屋をたくさん展開してる会社です。半年前にいづみから派遣されてきた役員が持ってきた案件でね。外食産業はこれからも伸びるし、鳳味亭にとっては関西以西は手付かずの地域。事業はどんどん大きくなるだろうって、ウチも資金面で援助を行いながら、外食産業向けに原材料の供給事業を始めることになったんです」

「そない有望な取引先のお嬢さんなら言うことなしやわ。美人な上にお金持ち。伊崎さん、そないなところのお嬢さんをお嫁さんに貰わはったら、いずれは鳳味亭の社長さんやわ」

桐子は華やいだ声を上げたが、

「しかし、何でまた社長がこんな話を……」

伊崎は小首を傾げた。

普通に考えれば、これほどの美貌《びぼう》に加えて、勢いのある会社の社長令嬢である。何も三十六歳の商社マンにくれてやらずとも、嫁ぎ先を見つけるのに苦労はしまい。

「それだけ、滝本さんは伊崎さんに目を掛けてはるいうことやわ。誰ぞ娘を安心して任せられる男はおらんかと頼まれはった言うとりましたで」

「有り難い話だけど……。しかし、こればっかりは相手のあることですからねえ」

何しろ年齢だけでも十一もの差があるのだ。たとえ親が乗り気でも、当の本人が拒《こば》むということは充分に考えられる。

「何や気のない返事やわ。本当のところは誰か想いを寄せている人がいんのと違いますの」

桐子は、じれったそうに言う。

「いや、本当にそれはありませんよ。そりゃあ、この歳になるまでには、見合いの話は何度もありましたよ。中には付き合ってみた女性もおりました……。だけど、今に至って独身なのは、あまり若くして結婚すると、一生添い遂げられる確信が持てなかったからなんです」

「三十六にもなれば、そういう心配をする歳やおまへんやろ。孔子《こうし》はんも言うとりますやない。三十にして立つ。四十にして惑わずって……」

「だけど、相手は二十五ですよ。孔子さんの時代と違って、迷いの盛りじゃないですか。親の勧めで結婚しても、後で間違いだったなんて言われたら、どうするんですか」

「そない弱気じゃ、いつまで経ってもお嫁さんなんか来はらへんわ。女子の中には歳の差なんて気にせえへん方もぎょうさんおります。男は甲斐性があってなんぼですがな。あんだけ厳しい滝本さんに見込まれたんや。絶対相手の女子はんも気に入りますって。もちろん、伊崎さんがこの話は断る言わはるんなら、滝本さんにはあんじょう言うときますけど」

桐子は、少し怒った口ぶりで頬を膨らませた。

「いや、そういうわけじゃないんですよ……」

伊崎は口籠《くちご》ると、もう一つの不安を口にした。「それにですね、鳳味亭の社長と僕との間には何の接点もない。なのに、そこのお嬢さんを嫁に貰ったということになったら、周りはどんな経緯でそんなことになったんだと色々詮索《せんさく》するに決まってますよ。まさか、滝本さんの紹介でなんて言えるわけないし」

桐子は溜め息をつくと、

「伊崎さんは、ほんま心配性やわあ。そやけど、そこのところも滝本さんはぬかりのう考えてはりますえ」

艶《つや》のある笑みを浮かべた。

「えっ？」

「とにかく、一度お嬢さんとお会いになったらどないどす。相手が伊崎さんを気に入らなんだら、この話はなし。もし、進めてもええ言わはったら、そん時は伊崎さんには、東京に転勤してもらうと滝本さんは言うてはりましたえ」

「東京へ転勤？　なんで？」

「相手先の担当に据える言うてはりましたわ。伸び盛りの会社はどうしても業務面での人材が手薄になる。大手企業のノウハウは、金を払ってでも欲しいはずや。伊崎さんには、東京本社の課長になってもろて、業務の指導にあたらせる。そこで、あちらの社長さんに見込まれたことにすればええて――」

なるほど、それなら筋書きはでき上がる。その一方で、馴染みの店の女将だという だけで、ここまで多くのことをあの滝本が桐子に語るものだろうかという疑念を伊崎は覚えた。

まさかこの二人――。

しかし、断るにはこの縁談はあまりに魅力的過ぎた。それに、滝本の持って来た話であることは事実である。断られるのは仕方がないことだとしても、こちらから断るわけにはいかない。

「分かりました。お会いさせてもらいます。社長にはそうお伝え下さい」

伊崎は、にこりと笑う桐子に向かって頭を下げた。

10

思った通り、向井嘉信《よしのぶ》は番頭にはうってつけの人材だった。

「報告は以上でございます。何かご指示はございますでしょうか」

浪速物産大阪本社の社長室で、諳《そら》んじていたように淀《よど》みない口調で報告を終えた向井は、滝本の前で改めて直立不動の姿勢を取った。

週一度の本部長会議、月に一度の部課長レベルの報告会はすでに定例として社内に根付いている。それでも、こうして折あるごとに部屋を訪れては報告を欠かさないのは、実務担当者とは異なった向井ならではの視点からの報告をするためである。

「ファイナンス事業は順調。新規事業も着々と拡張している。まあ、今のところこれと言って、ワシから話すことはないんやが……」

滝本は、机の上に置いたシガーケースを開けると、煙草を銜《くわ》えた。

すかさず向井が歩み寄り、ライターを手にし火を近づけてくる。まさに忠実な僕である。そんな向井の姿にかつての自分の姿が重なると、滝本は鏑木がらみの案件が進行中であったことをふと思い出し、

「そや、鏑木さんの婿さんの話な。あれ、どないなっとる」

火を受けながら何気なく訊ねた。

いづみ銀行から三人の役員を派遣してもらうに際し、娘婿のブランドを立ち上げたいと提案した時には、「意向は伝えておく」と鏑木は気のない素振りを装ってはいたが、思った通り、ひと月も経たぬうちに「受けるそうや」と他人事のような答えを返してきたのだった。

あれから一年が経つ。そろそろ新ブランドも形になる頃である。

「来年の春物に向けてアパレル事業部が準備を進めております」

滝本は煙草に火をつけると、深く吸い込んだ煙を吐いた。

「順調に進んどるんやな」

「はあ……一応は、そのようです」

向井は珍しく、歯切れが悪い。

「なんや、あんたらしゅうないな。何かあったんか」

「あの案件は、社長の肝《きも》いり。ましてや、鏑木さんの婿さんの話とあって、万が一にも失敗なきようにと、事業部も大事に準備を進めてるんですが、肝心の婿さんが気位が高いと言いますか、我儘《わがまま》と言いますか……」

向井は困惑した表情を浮かべ、言葉を濁す。

「面倒なことになっとんのかいな」

「自分はデザイナー。芸術家の端くれとでも思っているのか、あるいは自分のブランドを立ち上げてもらえるということですっかり舞い上がってしまったのか、デザイン、生地、果ては生産ロットに至るまで、頑として周囲の提案、助言に耳を傾けないらしいんです」

「婿さんのデザインちゅうのんは、そない使い物にならへんような代物なんか」

「正直申しましてその通りのようです。かと言って、オリジナルのデザインは駄目だとは言えません。そこで、婿さんオリジナルのラインナップは極力抑え、不足分はこちらで別途用意したもので補う。もちろんそれにも同じブランドを使うし、使用料も支払うと提案したそうなんですが、それじゃ自分のブランドとは言えないとごねる始末でして……。現場の担当もほとほと困り果てているようなんです」

「芸術家気取りも結構やが、買い手がつかん芸術なんてこの世のどこを探してもあらへんで。それも分からんほどの阿呆なんか」

本来ならば、止めてしまえの一言で片づくことだが、この案件を浪速に持ち込んだ張本人が言えるわけがない。第一、それでは鏑木に毒饅頭を食わせた意味もなくなってしまう。

「そこで、事業部も方針転換を図り、当初はウチの販売網を使って全国展開をと考えていた方針を改め、東京にモデルショップを一軒出店しようかと……」

向井は顔色を窺うように、上目遣いで滝本を見る。

「モデルショップ言うても、変な場所には出せへんで。東京でファッション言うたら、原宿、表参道、銀座やろ。いずれも一等地。店の体裁も整えなならんやろし、金もそれなりにかかるがな」

「それでも売れない商品を大量に作るよりは、安くあがります」

そう言われると返す言葉がない。滝本は思わず溜息をつき、

「で、報酬はどないなんねん」

と訊ねた。

「婿さんへの報酬は、デザイン料として最初にある程度の額は渡しますが、それ以降は服一着あたり幾ら、つまり本の出版印税と同じ形態にしてもらおうと考えております」

「作った分だけいうことか。そんな条件を飲むんか」

「どうも話を聞く限りでは、銭金よりもプライドが優先するタイプの男のようです。東京の一等地にモデルショップを開いてもらえるとなれば、一流デザイナー並みの扱いです。それに、婿さんは自分のデザインは絶対売れると自信満々ですからね。嫌とは言わんでしょう。もっとも、その分だけ早いうちに現実を突き付けられるわけですが、そうなれば、こちらの助言も素直に聞くようにもなるのではないかと……」

「阿呆な芸術家気取りのせいで、むざむざ金をドブに捨てるようなもんやが、しゃあないな」

滝本は吐き捨てるように言うと、「なんせ、この件には鏑木さんが絡んどるしな。

あの人の顔を潰したら、せっかく順調に行っとるファイナンス事業にどないな影響が出てくるかも分からん。いづみは大事な金主や。この件の損は、いづみから借りた金を元手にした商売で取り戻す。そう割り切るしかないな」

まだ吸いかけたばかりの煙草を灰皿に擦り付けた。

「その辺りの事情を、担当者の耳に入れておく必要はございませんでしょうか」

向井は、おずおずと切り出す。「現場の担当者たちは社長にそんなお考えがあるのだとは知る由《よし》もありません。厄介《やっかい》な案件を押し付けられた上に、失敗したら責任を負わされるのではないかと不安も抱くと思うのです。ファイナンス事業のための人質《ひとじち》だと教えてやれば納得するのではないかと……」

日頃、信賞必罰を公言し、成果をとことん追求して止まない滝本が、箸にも棒にもかからぬ事業案件を持ってきたとあれば立場がない。滝本に傷をつけまいとする向井の配慮である。

「君に任すわ。本案件の結果については、担当者の責任は問わない。もちろん、うまく行ったら行ったで評価はする。その程度のことは耳に入れておいてもええやろな」

滝本は鷹揚に言い、背もたれに身を預けた。

しかし、事業には想定外の出来事がつきものだとしても、鏑木の婿が、まさかそこまで出来の悪い男だとは思わなかった。そう考えると、進行中の新規事業の中には他にも将来業績に影響を及ぼすような案件が潜《ひそ》んでいるのではないかという不安が込み上げてくる。

「向井君。他の事業に危ない兆しは本当にないんやろうね」

滝本が身を起こしながら訊ねると、

「何か、ご心配な点でも」

事業の推移については今し方説明したばかりだと言わんばかりに、向井は怪訝《けげん》な顔をしながら問い返してきた。

「ファイナンスと違《ちご》うて事業、それも新規に立ち上げるとなると利益が出るまでには相応の時間がかかる。資金も注ぎ込まななならん。それがある日突然ワヤやいうことになったらやな、場合によってはファイナンス事業での収益をもってしても埋め合わせでけへんいうことにもなりかねんやろ。その点はどないなんや」

「確かに現時点で動いている新規事業がことごとく成功することはあり得ないでしょう。しかし、全てが失敗することもあり得ません。重要なのは、筋を見極めること、危ないと分かった時の撤退時期を間違えないことだと考えます。ここまで資金を注ぎ込んだのだから、止めるわけにはいかない。そう考えるのが、損害を拡大する最大の要因です。引くべき時には引く。そのタイミングさえ心得ておけば、まかり間違っても浪速が赤字を出すことはないと思います」

「いや、君がそこまで言うのなら、心配はないと思うが――」

「ファイナンス事業で上がる収益は、月ごとに増大しています。収益予測もかなりの確度で見通しが立ちます。もし、損切りをせねばならない事態に直面した場合は、損益のバランスを見ながら断行すればよろしいのではないでしょうか」

向井の言葉には一理も二理もあるが、何が起こるか分からないのが事業である。そして、自分が社員の業績を厳しく管理しているのと同様、鏑木、早坂からは業績を常に監視されている身だ。それも単に赤字さえ出さねばいいというものではない。彼らを納得させられるだけの数字を上げなければならないのだ。

もっとも、娘婿を人質に取った以上、鏑木は多少のことには目を瞑《つぶ》るだろうが、早坂は別である。何しろ、一度でも赤字を出したら、社長の座を辞すると大見得を切ったのだ。前言を盾に、経営権の返上を要求するか、そうでなくとも社長を退任し、他の人間を据えろと言い出す可能性は充分考えられる。

「しかし、転ばぬ先の杖《つえ》言う言葉もあるよってな。万が一の場合の備えは怠《おこた》らんに越したことはないわな」

そろそろ次の一手を打つべき時だと思いながら切り出した。「新規事業、ファイナンス双方が、今後も順調に推移するという見通しがあるんやったら、資金は豊富にあった方がええ。まあ、この調子ならいづみはなんぼでも金は出すやろが、所詮は銀行からの借金や。高い利子を払わんならん。まあ、ファイナンス事業はそれより高利で貸すさかいええとしてもやね、すぐに利益を生まん新規事業に要する金にも利子がついたんじゃ採算点は高うなる。どうやろ、この辺りで、そろそろ増資を考えてもええんと違うかな」

滝本は何気なく問い掛けた。

「なるほど、増資ですか……」

向井は少しの間思案を巡らせていたが、「確かに、浪速の資本金は三十億と、企業規模に比べると少ないように思います。旺盛《おうせい》な資金需要を賄うためには、新たに株式を発行して増資に踏み切るのもいいかも知れませんね」

肯定的な言葉を返してきた。

「赤字を解消して以来、業績は右肩上がり。株価も安定していることやし、タイミングとしても頃合いやと思うんやが……。どないやろ。君、増資を前提に、その時期と増額規模を検討し、早急に案を纏めてくれへんか」

「分かりました。早急に検討し、できるだけ早いうちに、案をお持ちします」

向井は丁重に体を折り、頭を下げた。

滝本は再び、体を椅子に凭《もた》せかけた。それが話は終わったという合図だった。向井は、踵《きびす》を返して部屋を出ていく。

浪速を真の意味で自分の城とするためには、発行済み株式の絶対数を握るしかない。もっとも浪速の社長とは言え、サラリーマンだ。手元にある金などたかが知れている。どう足掻いたところで、現時点においては、会社を支配できる株式を個人で保有することなどできはしないのだが、それも当たり前に考えればの話だ。

それを可能にするためには――。

一人になった滝本が思案を巡らせ始めたその時、執務机の上に置かれた電話が鳴った。

「いづみ銀行の鏑木頭取からお電話が入っております」

秘書の声が告げた。

ぎくりとした。まるでこちらの思惑を知ったかのようなタイミングである。

「繋いでくれ」

滝本が命ずると、回線が切り替わる音がし、

「もしもし……」

鏑木の重い声が聞こえてきた。

「急な話なんやが、明日の夜、空いてへんか――」

11

クラブ『唯《ゆい》』は、六本木通りに面した雑居ビルの六階にあった。

エレベーターのドアが開くと、見上げるような大きさの生花が滝本を迎えた。

「いらっしゃいませ……」

タキシード姿のボーイが丁重に頭を下げる。

「鏑木さんの席に呼ばれたんだが……」

滝本が言うと、

「お待ちでございます。どうぞこちらへ……」

ボーイは心得ているとばかりに、先に立って案内を始める。

琥珀《こはく》色のダウンライトが点る店の中は薄暗い。所々に配置された生花と絵画がスポットライトの中に浮かび上がる。十五ほどのボックス席は、まだ八時半と時間が早いせいもあってか、客の姿はまばらである。その手前に、小さな通路があり、磨ガラスで間仕切りをされた一角がある。

滝本がその前に立つと、

「よう、久しぶりやな」

ソファに座る鏑木が、笑みを浮かべながら片手を上げた。滝本は思わず直立不動の姿勢を取り、

「本日はお声がけをいただき、ありがとうございます」

二つに体を折った。

「面倒な挨拶は抜きや。まあ、座り」

鏑木は目の前の席を手で指すと、「ママ、浪速物産の社長の滝本さんや」

隣に座る女性に言った。和服を着、髪をアップにしているせいで、落ち着いては見えるが、まだ四十には達していまい。

「藤崎志織《ふじさきしおり》でございます。お話は頭取から常々……。どうぞこれを機にご贔屓に」

志織は帯の間から、名刺《めいし》を差し出してきた。

仄かに伽羅《きやら》の匂いがする。年齢、服装も桐子と然程変わりはないのだが、若くしてこれだけの店を仕切るだけあって、仕草の全てが垢抜《あかぬ》けている。

「飯はどないした？　まだやったら寿司でもとろか」

酒を飲もうと誘ってきたのは鏑木である。しかも指定の場所がクラブで、時刻が八時半となれば、何を意味するかは察しがつく。その前に同伴するホステスと、食事は済ませておくということだ。

「いえ、私は済ませてきましたので」

滝本が辞すると、

「社長さんは、何をお召し上がりになりますの？」

志織が艶のある笑みを浮かべながら訊ねてきた。

テーブルの上には、鏑木のネームプレートのついた、ウイスキーのボトルが置かれている。

「頭取と同じ物を……」

志織は頷くと、水割りを作り始める。

「どや、なかなか洒落《しゃれ》た店やろ。クラブちゅうたら、銀座か赤坂。六本木は若者の街やと思われがちやが、最近じゃ見劣りせんほどの店がぎょうさんできてな。勘定も割安や。それに肩肘も張っとらんよってな。ワシらのような大阪者には、気楽でええのや。何よりも、相手をしてくれる女性が若いのがええ」

鏑木は、しなやかに動く志織の指先に目をやりながら、豪快に笑った。

鏑木は上機嫌のようだった。それが逆に滝本の警戒心を喚起《かんき》する。第一、目的無くして部下を酒の席に呼び出したりはしない男だ。それ相応の話があるに決まっている。

滝本は、笑みを作りながら、志織の差し出すグラスに手を伸ばした。

「頭取、私、ちょっとお客様にご挨拶をして参りますわね」

おおよそクラブと名のつくところで、ホステスをつけずに客だけにしておくところはないものだが、鏑木はそれを気にする素振りもない。志織が去ると、磨ガラスで仕切られた空間は、半個室の状態となった。

「どや、商いの方はあんじょう行っとるか」

鏑木は、グラスを目の高さに掲げると、一転して重々しい口調で言った。

「お陰様でファイナンス事業の方は順調に利益が上がっております。向井を始めとするいづみから頂戴いたしました三人も、よくやってくれております。新規事業は、まだ種を蒔いたばかりですが、今までのところ、特にこれといった問題も起きておりません」

「そら、何よりや……」

鏑木は、満足気に水割りを啜る。「しかしな、貸し先は従来の取引先に加えて、ウチが斡旋《あっせん》する企業、それも中小がメインやろ。もちろん、新規事業が軌道に乗れば、取引先も増えるやろうし、資金需要もそれに伴って増大するやろが、事業の拡張が停滞すれば、当然資金需要も頭打ちになるわな」

滝本はぎくりとして口元に持って行った手を止めた。鏑木の今日の目的は、常に増収増益、つまり前年度を下回る実績しか上げられなかった場合の処遇に念を押すためであったのか。あるいは、いづみから貸付先の斡旋を受けられなくなれば、ファイナンス事業は行き詰まる。つまりお前の会社の将来は、いまだいづみが握っているとでも言いたいのか、俄に判断がつきかねたが、いずれにしてもあまりいい話ではない気がした。

「ご指摘の通り、自社による融資先の開拓は、最重要課題であると考えております」

滝本は無難と思われる答えを返した。

「いや、そういう意味で言ってるんやないんや」

鏑木は飲みかけたグラスをテーブルに置いた。「ウチから借りた金を浪速がどこに貸そうが、それは勝手や。浪速がきっちり金利を払って、貸した金を払ってくれるなら何も言わん。ウチにとってこれほど安全かつ効率のいい商売はないよってな。むしろ、浪速にはどんどんこの商いを大きゅうして欲しいと思うとるくらいや」

どうやら鏑木の目的は他にあるらしい。滝本は黙って頷いた。

「そして新規の融資先を増やさなならんのは、いづみも同じや。金を貸さなんだら、商売にならへんのが銀行やからな」

鏑木は、至極《しごく》当然といった口ぶりで言い、「さて、そのためには、どないするのが一番効率がええかな」

と問い掛けてきた。

「銀行と取引先の関係は一朝一夕に築けるものではありませんからね。日々の努力の積み重ねで、一つ一つ融資先を開拓していく。それに優《まさ》る方法はないのではないでしょうか」

鏑木の真意が見えない限り、迂闊なことは言うべきではない。

滝本は当たり障りのない言葉を吐いた。

「君ほどの男が、面白うない返事をするもんやな。ワシは効率のええ方法はないかと訊いてるんや」

「と言われましても――」

何気ない口調とは裏腹に、鏑木は眼鏡の下の瞳に鋭い光を宿すと、

「合併《がっぺい》や」

声を落とした。

「いづみが合併するんですか」

声が裏返った。

確かに、取引先を増やすというのなら、合併がもっとも手っ取り早い方法ではあるが、それはそれで滝本にとっては大問題だ。銀行の合併には必ずその後の主導権争いが付き物で、二つの銀行どちらの出身者が頭取の座に就いたとしても、勢力図が激変してしまうからだ。

「するとは決まっていない。狙ってるんや」

鏑木は不敵な笑みを浮かべた。

「相手はどこです」

「東亜《とうあ》相互《そうご》銀行」

鏑木は水割りに手を伸ばすと、すぐにそれを口にせず掌の中で玩《もてあそ》びながら続けた。「いづみは確かに預貯金額日本第四位の大銀行になった。そやけどな、まだ四位や。それも関西では大手でも、東日本、特に東京での支店網は他行に比べて極端に弱い。いづみを目の黒いうちに、何としても日本一の大銀行に育て上げたい。それがワシの悲願なんや」

「確かに、東亜相銀は首都圏におよそ百もの支店を持っています。合併が実現すれば、東京でのいづみの地盤は、上位三行に匹敵する規模になるのも事実ですが、東亜相銀は決算承認銀行ですよ。合併相手としては筋が悪過ぎやしませんかね」

「だからええのや。同格同士の合併となれば、考慮せなならんことがぎょうさんある。社風も違えば、仕事のやり方もことごとく違う。看板並べて支店があるいうところも少なからずある。当然余剰人員も生まれる。図体はでかくなっても、まず最初にやらなならんことは、無駄の排除、効率の追求。同格同士の合併には、必ずこの難題が待ち受けているもんや。そやけどな、相手が東亜相銀となれば話は違うで。大が小を呑むんや。それも東亜相銀は傷モノや。生き残るためには、誰かに救ってもらわなならん。従業員にしたとこで、いづみに感謝しこそすれ、贅沢《ぜいたく》言われへんことぐらい百も承知やで」

その傷モノの東亜相銀を吸収するということは、向こうが抱えている不良債権をいづみが肩代わりすることになるということだ。

いったい幾らの不良債権を抱えているのか、滝本はそれを訊ねたい気持ちになったが、鏑木のことだ、すでに把握した上でのことに違いない。滝本は疑問を口にするのを控え、

「東亜相銀を吸収して手に入れられる首都圏百の支店網は、向うが抱えている不良債権を考慮しても、いづみにはメリットがあるというわけですね」

と遠回しに訊ねた。

「首都圏に百もの支店を一から立ち上げる言うたら、そら大変やで。そやけどな、吸収ならば話は別や。預金も客も、そっくりそのまま手に入るんや。いづみの精鋭を各支店に送り込んでやれば、そこから上がる収益で不良債権を埋めることは充分に可能やろ」

鏑木は、また一口水割りを啜った。

「しかし、東亜相銀と言えば、増本《ますもと》一族に支配されている銀行です。決算承認銀行とされた時点で、経営に関するすべての判断が大蔵省に握られたとはいえ、一族が首を縦に振らなければ吸収することなどできないと思いますが」

「それが、オモロイことになって来てんのや」

鏑木は薄く笑った。「君も知ってるやろが、三年前に東亜相銀の社長やった敬一《けいいち》はんが亡くなったやろ。あれを機に、後継者争いが勃発《ぼっぱつ》してな。一族の結束がずたずたになってもうて、骨肉相食《こつにくあいは》む様相を呈してきてんのや」

滝本は黙って話に聞き入った。

「そもそも、東亜相銀が決算承認銀行いう屈辱的な処置を甘んじて受けなならんことになったのは、敬一はんが残した負の遺産のせいや。なんせ、関連会社を次々に興して、そこに東亜相銀の資金を湯水のように注ぎ込んだはええが、ことごとくうまく行かへんかったんや。しかも、東亜相銀の天皇言われた敬一はんに、傷をつけてはならじと思うたのか、あるいは保身を図ったのかは分からんが、部下も二重、三重に裏帳簿を作って実態を隠そうとした。それが敬一はんの死後、大蔵省の銀行検査でバレてもうたんや」

「後継者争いなんかしてる場合ですかね。決算承認銀行にされたということは、経営権を召し上げられたのと同じことですよ。組織一丸となって、財務体質の健全化を図るのが先でしょう」

滝本は言った。

「そんな状況に真っ先に危機感を抱いたのは、敬一はんの時代からの番頭連中や。財務体質を健全化するためには、まず融資先から金を回収するのが先決。そない窘《たしな》めたらしいんやが、ところがこれに一族連中は頑として首を縦に振らんどころか、結託して異議を唱えた言うねん」

「おかしな話ですね。決算承認銀行のままでは、銀行の存続は覚束ない。顧客離れも始まるでしょうし、預金高が減れば、関連企業への融資もままならないという負のスパイラルに陥ってしまう。それじゃ自分で自分の首を絞めるようなものじゃないですか」

「関連会社に貸した金は事業にも使われたが、他所にも流れてたんや。それも、決して公にすることができへんところへな。それに、一族も大分抜いとったようなんや」

話はここからが本番だとばかりに、鏑木はソファに身を預けると、煙草を銜えた。

滝本はすかさずライターの火を近づけ、

「公にできないところと言いますと？」

喉仏が上下するのを感じながら訊ねた。

「政界や」

鏑木は薄い煙を吐きながら、目を細くすると続けた。

「増本家は敬一はんの親父さん、それに三番目の弟と、二代続けて二人の国会議員を出しとる。この弟っちゅうのは、新聞記者時代に後に通産大臣になった吉崎栄光《よしざきえいこう》に見込まれて、娘婿になったせいで姓は変ったが、前の内閣で厚生大臣を務めた吉崎謙介《けんすけ》や」

政界には詳しくなくとも、名前は知っている。

「すると、一族が関連会社を通じて吸い上げた金は、吉崎謙介の政治資金になっているというわけですか」

滝本は言った。

「その通りや。なんせ、政治の世界ちゅうのは金がかかるよってな。それも表に出せん金が必要や。もっとも、豊富な資金源を持ってるからいうても、すぐに権力を握れるわけではない。どんな議員でも、閣僚の地位を射止めるためには、雑巾《ぞうきん》掛けから始まって、一つ一つ階段を上っていかなならん」

「自分が所属する派閥の長に認められなければ、出世は覚束ない。認められるには、一にも二にも、金の力というわけですね」

「普通なら金を集めるのは派閥の長。子分は、分け前を貰いつつ、親分の手となり足となりしながら、自分の基盤を固めて行くもんやが、吉崎の場合は別や。なんせ、東亜相銀がバックにいる。金にはまったく不自由せんのやからな。相当な金が吉崎を通じて政界に流れたらしい」

「その割りには、出世が遅くはありませんか。どれほどの金をみついだものかは分かりませんが、貢献度の高い人間が重用されるのは企業社会も政界も同じでしょう。もし、吉崎に流れた金を、実力者たちが吸い上げていたとしたら、いかに雑巾掛けからとは言っても、もっと早くに閣僚のポストを手にしていてもよかったんじゃありませんかね。大臣にはなりはしたものの、在任期間は短かったように記憶してますが」

滝本は吉崎の顔を朧《おぼろ》げに思い浮かべながら、思った疑問を素直に口にした。

「東亜相銀から政界に流れた金は、必ずしも吉崎を出世させるのが目的ではなかったんと違うかな」

「と言いますと？」

「敬一はんは確かに無茶な事業拡張をしはった。関連会社を通じて、私腹を肥やしたことも事実やろ。そやけどな、本当の目的は関連会社の事業で儲けて、グループをさらに発展させることにあったことは間違いない。金の多くはその工作資金。飯の種の仕込み代やったとワシは睨んでんのや」

鏑木はふうっと吐いた煙草の煙を目で追いながら続けた。

「関連会社の事業は多岐《たき》にわたったが、その中核を占めていたのがゴルフ場、リゾート施設を中心とするレジャー関連、それに伴う不動産関連事業や。いずれも規模がでかく、アクセスも重要になる。土地を纏める力も必要なら、道路もつけなならんやろ」

「なるほど。そう考えると合点が行きます。吉崎は敬一さんの事業を順調に行かせるための政界実力者との仲介役。金を受け取る側にすれば、目的を叶えてやれば貸し借りなし。吉崎を取り立ててやる必要もないいうことになりますね」

「まあ、これはワシの推測に過ぎんが、そう外れてはいないと思うで。何せ吉崎っちゆうのは、初当選以来岳父《がくふ》が築いた三光会《さんこうかい》に所属していたんだが、清田《きよた》、福原《ふくはら》の二大派閥が党を割って総理総裁の座を争った戦いでは、福原を推した岳父の意向に背いて、清田についたほどの男やからね。清田が政治手腕といいカリスマ性といい、近代政治に名を残すほどの希代の政治家であったことは確かやが――」

「清田と言えば、公共事業。土地、不動産となれば、目の色が変わることで有名でしたからね」

滝本は、鏑木の言葉を先回りして言うと、「しかし、吉崎が厚生大臣に就任したのは、清田と政権を争った福原内閣の時じゃありませんでしたか」

ふと思い出して訊ねた。

「吉崎の使命は時の権力者と一族との仲介役と考えれば、清田政権の終わりと共に、福原に乗り換えたとしても不思議やないやろ。それに福原は清田と違って、東大卒、大蔵省キャリアを経て代議士になった男や。財政基盤はそれほど強うない。吉崎の背後にある東亜相銀は、福原にはさぞや魅力的に映ったことやろ。閣僚の地位と引き換えに、金が転がり込んでくるなら安いもんやと考えても、おかしゅうないわな」

「だとしたら、吉崎の立場もかなり微妙なものになりますね」

「もうとっくに、そないなってるがな。吉崎が厚生大臣に取り立てられたいうても、福原内閣、それも第二次の時の一年間ほどのことや。敬一はんが亡くなり、東亜相銀が決算承認銀行になった途端に、ただの陣笠《じんがさ》代議士に逆戻りや」

鏑木はあっさり言うと、「まあ、吉崎のこたあどうでもええ。とにかくな、関連会社から金を引き上げようにも金はない。東亜相銀は巨額の欠損を出さざるを得んのや。そうなれば、事業内容の調査が始まり、一族が金を吸い上げていたことが明るみに出る。当然、一族に渡った金の行方も追及される。そこで吉崎を通じて、政界に金が流れていたことが発覚してみい。大スキャンダルに発展することは明らかやろし、一族、吉崎は背任《はいにん》、横領《おうりよう》、贈賄《ぞうわい》。金をもらった代議士は、収賄で逮捕されることにもなりかねんがな」

鏑木は、短くなった煙草を灰皿に擦り付けた。

「そこに付け込んで、いづみが救済の手を差し伸べると？」

「君は優秀な男やが、経営者としては、まだ少し甘いなあ」

鏑木は皮肉な言葉を吐くと、「ウチにとって、東亜相銀は掘り出し物や。掘り出し物いうのは、価値に比して価格が安いいうことやが、すぐに飛びつくのは阿呆のすることっちゃ。とことん下がるのを待って底値で拾う。それが賢い買い物いうもんやで」

続けて言った。

「おっしゃる通りです」

経営者として甘いという言葉が、胸中に棘《とげ》となって突き刺さるのを感じながら滝本は答えた。

「会社を支配するには、経営権、最低でも拒否権を握るだけの株式を手にいれるのが一番早い。もし、ウチが東亜相銀の救済に乗り出すなんて言うてみい。せっかく決算承認銀行になって下がった株価を、吊り上げてやるようなもんやないか」

理屈は、鏑木の言う通りである。しかし、その方法が滝本には皆目見当がつかない。

思わず押し黙った滝本に向かって、

「そう遠くないうちに、東亜相銀には大蔵省の検査が入る」

鏑木は唐突に言った。

「それでは、その時点で金の流れが……」

「そうはならん。検査は異例の長期にわたるやろうが、回収不能金額が明らかになるだけで終わる」

鏑木はまたしても拍子抜けするほどあっさりと言う。「大蔵省の検査が終わり次第、東亜相銀は事実上大蔵省の支配下に入る。管理下ではのうて支配下や」

「えっ？　ということは、大蔵省から社長が送り込まれるということですか」

「そうや。その時点で、現役員に名を連ねる増本一族は全員退任。つまり、東亜がどないになるかは、大蔵省の意向次第。ひいては大蔵大臣、総理大臣が東亜相銀の命運を握ることになる。もっとも、そうなったところで国が東亜相銀の将来を保証するいうわけやない。業績が回復せんかったら辿る道は一緒や」

罠《わな》だと思った。

鏑木と、大蔵省、そしてその背後にいる権力者たちが、増本一族から経営権を奪い、いづみに吸収させることによって、これまで政界に流れた金の行方を闇の彼方に葬《ほうむ》り去ろうとしているのだ。

その代償としていづみは首都圏に百もの支店網を労せずして獲得し、鏑木は銀行家としての名声を揺るぎないものにする。いや、それればかりではない。権力者たちの不正を封じ込めてやったという恩義を作れば、これから先のいづみの事業展開に及ぼすメリットは計り知れない。

滝本は、改めて鏑木の経営者としての手腕に驚嘆すると同時に、何ゆえに今の時点でこのような話をするのか、という疑念を抱いた。

「そこで君に頼みたいことがある」

果たして、鏑木は切り出した。「まあ、なんぼ手放さなならん会社でもやな、いづみが株売ってくれへんか言うたら、同じ銀行や。ましてや増本一族は創業家やしな、面白かろうはずがない。第一、銀行が価値のない物に金を出すはずがないことは阿呆でも分かる。法外な値段を吹っかけてくるに決もうとる」

「その通りだと思います」

やはり来たかと思いながら、滝本は背筋を伸ばした。

「そこで、この話には仲介者を置く。それが誰かはまだ言えへんが、とにかく一族の信頼の厚い人間やということだけは言うておく。株はその人物が纏め、そして購入する。さて、そこで問題になるのはその際の資金や。これを君のところ、浪速ファイナンスで全額貸し付けて欲しいんや」

「構いませんが……。融資金額はどれくらいになるんでしょう」

「資金のことは心配せんでええ。いづみが全額、浪速ファイナンスに融資するさかいにな。本来ならば、そない面倒なことをせんでもええんやが、ウチがその人物に直接融資をすると、端から出来レースやったいうことがあからさま過ぎるからな。もちろんワシと君との関係を知っとる人間は、同じように思うやろうが、君は浪速物産の社長。浪速ファイナンスは浪速の子会社。社長は別人や。浪速ファイナンスが独自の判断で行った融資やと言えばそれまでや。実際、浪速ファイナンスには、その人物が金利をつけて全額返すんやしな」

それは、いづみが仲介者から株を全額買い取るということだ。東亜相銀を吸収するまでの絵図が完全に仕上がっているのだ。

「本来なら、飯を食いながらゆっくり相談したかったんやが、こない込み入った話を聞かされよったら、飯の味も分からんようになるやろ。いきなりこんな店に呼び出されて、愛想ないやっちゃと思うたかも知れんが、ここは誰にも話を聞かれる恐れはないし、何より小難しい話の口直しもすぐにでけるよってな」

鏑木は、最後に軽口を叩きながらも、眼鏡の下から有無を言わさぬ鋭い視線を向けてきた。

「分かりました。いづみの勢力が増すことは、浪速のビジネス躍進に繋がることです。そのお役に立てるなら、喜んでお引き受けいたします」

鏑木は、うんうんと頷くと、

「さあ、そしたら飲もか。今夜は無礼講や。勘定は全部ワシが持つ」

一転して柔和《にゅうわ》な笑みを湛《たた》え、「おーい」と声を上げた。

すぐにボーイが、次いで四人の若いホステスを連れて志織が現れる。ボックス席の中に、志織の和服にたき込められた伽羅の匂いが、そしてドレスを纏った女性たちの発する香水の匂いが漂い始める。

「シャンパンでもワインでも、何でも好きなものを飲み」

上機嫌そのものの鏑木の言葉に、女たちが嬌声《きょうせい》をあげた。

12

東亜相互銀行株の買収が実現するまでは、生かされるに違いないと滝本は思った。

しかし、問題はそこからだ。首都圏に百もの支店網を持てば、いづみを日本一の銀行にしたいという鏑木の悲願達成もいよいよ現実味を帯びてくる。その時、自分を浪速の社長に据え置くだけの理由があるのかと自問自答すると、「ある」と断言できるだけの根拠は何もない。

そう考えると、今の地位を確たるものにするための方法はただ一つ。鏑木の戦略に倣《なら》い、いづみの影響力を排除し、自分が浪速の大株主になること以外にない。そして、それを可能にするためには、何より志《こころざし》を共有する部下の存在が必要不可欠である。

「お呼びでしょうか」

東京から戻った翌日、滝本は向井を社長室に呼んだ。例によって、執務机の前に立つ向井に、

「ちょっと君に相談したいことがあってな……そこへ座り」

滝本は、目を通していたファイルを閉じ、部屋の一角に置かれた応接セットを目で指した。

椅子を勧められることは滅多にない。向井は、少し緊張した面持ちでソファに腰を降ろす。

「しかし、暑いな。こないな日に、冷房の効いた部屋で汗一つかかんで仕事ができるなんて、昔君と一緒に働いてた頃には想像もしてへんかったわ」

滝本は向井の正面の席に座り、夏の強い日差しが照りつける窓の外に目をやった。

「まったくです……」

向井は滝本の視線の先を追いながら相槌《あいづち》を打つ。「京都の夏は、そりゃあ応えたも

んです。なんせ暑さの質がまったく違いましたからねえ。温い油の中に浸けられたと言いますか、とにかく一歩外に出た瞬間から熱気が体に纏わりついて来るんです。朝起きて、晴天だと分かるとうんざり。むしろ雨だとホッとしたものです」

「君もよう頑張ったもんや。毎日、自転車に乗って、新規貸付先を開拓せなと、汗みずくになってなあ。営業課長なら、なんぼか楽もできたやろうに、そんな気配は微塵《みじん》も見せへんかった」

「それは、支店長だった社長が率先して働かれたからですよ。部下が上司よりも、営業実績が下というのでは話になりませんからね」

「お陰で、京都南口支店の営業実績は、三年で倍増。ワシがいづみで役員になれたのも、今こうして浪速物産の社長でいられるのも、君たちの働きのお陰や」

滝本は、過去を懐かしむような口調で語りかけた。

「とんでもありません。本来であれば、定年を待たず、せいぜい取引先の中小企業に経理課長程度のポジションで拾ってもらえるか、あるいはいづみの関連会社の閑職《かんしょく》に追いやられて終わるのが関の山でしたのに、こんな大会社の役員にと、お声掛けをいただいたのです。今日があるのも社長のお陰と感謝しております」

向井は、真剣な眼差《まなざ》しを向けてくる。

「その点、お互い苦労した揚げ句にようやく手にした椅子や。できることなら、この会社をワシらの力で大手に匹敵する大総合商社に育て上げたいと思うとんのやが……。なあ向井君。どう思う。いづみがこのままワシらに浪速の経営を任せておいてくれるやろか」

滝本は、声のトーンを落として気弱な口調を装ってみせた。

「えっ？」

向井の顔に緊張の色が宿るのが見て取れた。滝本は続けた。

「そもそも、ワシが浪速に送り込まれたのは、経営再建が目的や。多額の負債を解消し、組織を立て直す。それが鏑木さんから与えられた任務やった」

「社長は充分期待に応えられたではないですか。たった二年で赤字は解消。三年目には復配。そして今では総合商社化を目指し、着々とその礎《いしずえ》を築きつつある。誰が見ても、非の打ち所のない仕事ぶりではないですか」

「正直、ワシもそう自負しとる。本当の意味での浪速の再建は、ここから先が本番やとも思うているよ。そやけどな、いづみもそないに考えてくれとるかいうたら疑問やで。ワシに期待したのはあくまでも赤字の解消、組織の立て直し。事業規模を大きゅうするいうなら、もっと相応《ふさわ》しい人材がおると考えるんとちゃうやろか」

「それは社長の思い過ごしというものではないでしょうか。こう申し上げては失礼ですが、鏑木さんにしてみたら期待以上の働きと受け取りこそすれ、代える理由はどこにもないと思いますが……」

向井は、怪訝な表情を浮かべながら言う。

「そうやろか」

滝本は、シガーケースに手を伸ばすと煙草を銜えた。「なんせ銀行いうところは、体面を重要視するさかいにな。浪速が一流の商社を目指せるだけの器になったとなれば、中身もそれに相応しゅうせなならんと考えるやろ。大商社の社長がいづみ銀行出身者。それはええとしてもや、それが高卒なんて、本殿の住人連中が許さへんのとちゃうやろか」

滝本は自分だけではなく、向井もまた同じ目で見られているに違いないのだと匂わせた。

向井は黙って視線を落とす。滝本は煙草に火をつけた。

「いづみに入行できる高卒者は、卒業時の成績が一番、二番。大学に行けるだけの能力を持ちながら、何らかの事情で進学が叶わなかった者ばかりや。大卒と比べて、能力が劣っていたわけやない。いや、むしろ実務ということに関して言えば、四年早く入行した分だけ、仕事のでける者の方が多いかもしれん。そやけど、高卒組に出世はまず望めん。支店長になれれば大出世。君がさっき言うたように、定年前にどこぞの中小企業の経理課長にでも貰われれば御の字や。高卒は、所詮下働き、大卒者の溝浚《どぶさら》いをするもんと決まっとる。そう考えればや、ワシの心配も思い過ごしとは言えへんやろ」

あのままいづみにいれば、向井も前途に大きな希望を抱くことはなかったろう。しかし、今は違う。浪速に迎えられたのは、銀行時代の実績が買われてのこと。自らの力で掴んだポストと考えているに違いない。そこに再び銀行の流儀を持ち出され、やっと手中にした地位を奪われる。そんなことが我慢できる筈がない。

「私は……私は、浪速に骨を埋める覚悟で参りました。社長と共に、浪速を大手総合商社に匹敵する大商社に発展させる。それが今の私の夢でもあります。業績が上がらぬというのであれば、どんな沙汰でも甘んじて受ける覚悟はありますが、成果を挙げることが逆にポジションを奪われることに繋がるなんて、とても納得が行くものではありません」

果たして向井は、声を振り絞ると唇を嚙《か》んだ。

「ワシやって気持ちは同じやがな」

滝本は静かに言った。「ワシら高卒組は、銀行時代に報われぬ思いを散々味おうた。大卒組に優る実績を挙げても、高卒組は偉くはなれん。そんな銀行の人事システムは理不尽や。履歴書下げて仕事をしてるわけやなし、能力、実績の評価が昇進に繋がらんのは間違いやと、何度思うたかしれへん。せやから、この浪速はワシが社長でいる限り、学歴、経歴で差別する会社にしてはならんと思うたんや。君ら高卒組を、いづみから派遣してもらったのも、何よりもその地位に相応しい実績を積み上げた人間が報われなあかんと思うたからや」

滝本の言葉が琴線《きんせん》に触れたのか、向井は顔を紅潮させ、少し目を潤《うる》ませているようである。滝本は続けた。

「人事は公平無私、信賞必罰。社員として迎え入れた者は、皆スタートラインは同じ。出世は実績次第。そういう会社に浪速を育て上げる。それがワシの夢なんや」

「おっしゃる通りだと思います。正直申しまして、私も浪速に来てから人間には夢が必要だということを改めて感じるようになりました。将来に展望が持てるからこそ人間は身を粉にして働くことを厭《いと》わなくなる。いつかは自分の努力が認められると思えばこそ、どんな苦労にも立ち向かっていけるものだということも……」

「そやけどな、今の浪速はいづみの植民地や。このままやったら、浪速の人事もいづみの思うがままになってまう。ならば、どないしたらええと思う?」

滝本は、煙草をふわりと吹かしながらじわりと迫った。

答えに詰まった向井の瞳が、忙《せわ》しげに左右に動き、やがて下を向く。

「簡単な話や。植民地が君主国の支配から逃れようとするなら、方法は一つ。独立しかないわな」

「独立……。しかし、どうやって」

向井はごくりと生唾を飲み込んだ。

「最も手っ取り早いのは、いづみが保有している浪速の株の保有比率を薄めることやろな」

「それで増資の検討を命ぜられたわけですね」

向井は、先日の滝本の指示が何を意図してのものだったかが理解できたようで、二度三度と頷いた。

「だがな、保有比率を薄めるだけではあかん。いづみ、早坂一族に優る大株主の存在が必要不可欠や」

「そんなことができますかね。いや、可能だとしても、今度は大株主になった人間、あるいは企業が浪速の経営を支配することになるわけですよ。余りにも危険ではないでしょうか」

「誰も、わけの分からん相手に株を買わせようとは思うとらへんがな」

「それでは誰が？」

向井は理由が分からないとばかりに、眉間に皺を刻んだ。

「ワシが買うんや」

滝本はあっさりと言い放った。

向井は呆けたように口をぽかんと開けると、

「いづみ、早坂一族に優る保有比率を実現するとなれば、莫大《ばくだい》な資金が必要になります。失礼ですが社長、資金の手当てはどうなさるおつもりですか」

正気を疑うように目を瞬《しばたた》かせる。

「金は浪速ファイナンスから融資させる。身内の名前を使こうて会社を幾つか作るよってな、そこを使うて浪速の株を買い占めて行くのや」

「それは、株式を購入し、所持することだけを目的としたダミー会社を設けるという意味ですか」

「そうや」

「そんなことが発覚すれば、自己株取得禁止の法令違反に問われてしまいます」

向井は、血相を変えて異議を唱える。

「監査をやり過せさえすればええのや。期末にはダミー会社への貸付残金をゼロにしておくよう操作するとか、手だてはなんぼでもあるで」

向井の顔からみるみる血の気が引いていく。

無理もない、発覚すれば間違いなく罪に問われる行為に加担せよと申し渡されたのだ。社命とあらば、人の道に外れる行為も厭わぬのが銀行員だが、それも法に裏付けられる範疇《はんちゅう》でのことだ。違法行為は御法度《ごはっと》である。そうした世界に生きてきた人間にとっては到底呑むことができない命令には違いないが、彼を納得させなければ、浪速を我が物とすることはできない。

「よう考えてみることや。鏑木さんが、いづみが、ワシらに立派な器を与えななならん理由がどこにある。本殿の住人かて、誰もが頭取になれるわけやない。名のある会社の社長、役員なら、喜んで転出するいう人間はなんぼでもおるで。荒れた畑を奇麗にして、肥やしを入れ、種を蒔いたという段階になって、いきなりやって来た連中に、ご苦労と言われて、素直に引き下がるんか。悔しいとは思わへんのか」

滝本は押した。

向井が揺らいでいる様子が手に取るように分かる。瞼を閉じたまま、一言も発しない。額に汗が浮かび、ぬめるような鈍《にぶ》い光を放ち始める。

長い沈黙があった。

やがて向井は顔を歪《ゆが》ませながら瞼を開けると、

「それは……断じて許せません。あってはならないことだと思います」

ぎゅっと唇を噛んだ。

「そしたら、やるしかないやろ」

向井は意を決したように、一つ大きく頷いた。

「そうか、やってくれるか」

滝本は半分ほどになった煙草を灰皿に擦り付け、「もっとも、株を買い占めていくに当たっては、前提となる条件がある」

と話を進めた。

向井は黙って頷く。

「浪速の株価が常に上がり続けなならんということや。購入時と実勢価格の差。それを担保に借り増しをし、新たな株の購入資金に充てる。株価は業績と連動するもんや。つまり、浪速の業績は常に増収増益でなけりゃならん」

「おっしゃる通りです」

向井の顔に新たな緊張と困惑の色が宿った。増収増益と口で言うのは簡単だが、現実の商売はそう甘くはない。無茶なノルマを課しても、目処のない数字は無意味なものであるからだ。もちろん滝本もそんなことは百も承知だ。

「商売は数字が全てや。商売の内容やない。ええか、ここがミソやで」

滝本はぐいと体を乗り出すと、「新規事業ももちろん大切や。そやけどな、最も手っ取り早く、確実に利益が上がる商売言うたら、金融や。多少の無茶には目を瞑るよってな。とにかく、ファイナンス事業に今まで以上に力を入れ、どんどん貸付先を増やすこっちゃ」

顔を強ばらせる向井に向かって、滝本は歯を剝《む》き出しにして笑って見せた。

13

浪速物産は東西二本社制を取り、東京本社は古くからの繊維問屋街、馬喰町《ばくろちょう》にある。七階建ての社屋は、築三十年が経ち、老朽化《ろうきゅうか》が進んでいる上に借り物である。

昭和五十八年最初の役員会を終えた滝本は、夕刻、東京代表を任せている柳田真治《やなぎだしんじ》を伴って、社屋を出ると、銀座にある日本料理屋に入った。

まだ正月気分も冷めやらぬ頃である。通された和室の床の間には松が生けられ、荒《あら》磯《いそ》から望む洋上に旭《あさひ》が昇る様が描かれた掛け軸が飾られている。仲居が八寸をテーブルの上に置き、朱塗りの杯に酒を注ぎ入れ、部屋を出ていったところで、

「第三四半期の業績も順調なようやし、この分やと三月決算を待たずして、東京本社は目標達成確実やな」

滝本は、盃《さかずき》を傾けながら言った。

「ファイナンス事業に、より一層の力を注げという社長のご指示の下、貸付先の開拓に力を注いだ結果です。大阪本社扱いの案件は、いづみ絡みのものが多く、どうしても利益率が落ちますが、その点東京は違って、自社案件が格段に多いのが利益率の向上に寄与しております。加えて、やはり東京は市場規模が違いますからね。銀行よりも高利の金でも、浪速が貸すと言えば、飛びついて来る企業は後を絶たずといったところです」

柳田もまた向井と共に、いづみから迎えた三人の役員の中の一人で、浪速に来る以前は、名古屋支店で営業部次長をしていた男だ。

直接職場を共にしたことはないが、有能な人間、ましてや高卒者とあれば評判は自然と耳に入る。それに基幹支店の部次長は、弱小支店の長よりも遥かに格上である。

力量のほどはいづみの折り紙付きというわけだが、年齢は滝本より三歳若いだけだ。いづみにいてはこれ以上の出世は望めないのは明らかで、浪速の役員、それも東京代表というポストを与えられたことは、彼にとっても望外の出来事であったことに間違いはない。

「東京本社の役割は、今後ますます重要になるで。あんたが言うように、ファイナンス事業の大阪案件は、いづみ絡みのものが多いよってな。担保の七割はいづみが押さえ、これ以上貸せんいうところへウチが貸す。あるいは、まっとうな銀行ではいづみが到底金を貸せんいう怪しげな商売をしとる先への事実上の迂回融資も多いよってな。その点、東京は事情が異なる。少々の失敗には目を瞑るよって、どんどん新規顧客を開拓し、融資規模を大きゅうしていくこっちゃ」

滝本は一気に盃を空けた。すかさず柳田が蒔絵の施《ほどこ》された漆器の銚子《ちょうし》を手にして酒を注いでくると、

「実際、東京本社の役員、それも繊維担当役員の中には、ファイナンス事業部の収益の高さに本業の口銭稼業が馬鹿らしくなると本気で口にする人間も出てくる始末です。もっとも、私に言わせりゃ楽して儲かる商売はない。長年銀行で培った金融のノウハウがあればこそ。やれるものならやってみろというところです」

自らも盃を空けると、呵々と笑った。

「当たり前やがな。楽して儲かる稼業が、この世のどこにあるかいな。貸した金が金利をつけて全額回収できてなんぼの世界や。乞われるままに右から左で、金を貸せば儲かる言うなら、阿呆でもできるわな。相手を見極め、生かさず殺さず。誰にでもできるようでできひんのが、金貸し稼業や」

滝本は、鼻でせせら笑った。

「その点から申しますと、ウチの貸付金利はまだ行ける。もう少し上げてもいいのではと思うんです。まあ、明日の資金繰りに困っているような先は論外ですが、前向きな資金需要を抱えている先は沢山ありますからね」

柳田は、真顔で言った。

「まあ、そない爪を伸ばさんこっちゃ。客にしたって、理由の分からん先から金を借りたら後が怖いよってな。その点、浪速なら面倒なことにはならん。謂わば安心料と考えればこそ高い金利を払ろうてくれるんや。借りてくれるから言うて、どんどん金利を上げたら、それこそサラ金と同じになってまうがな」

「ごもっともです。しかし、浪速の機能を以てすれば、金利を上げずとも、もっと大きな利益を得られる仕組み作りが可能なのではないかとも考えておりまして」

柳田は、何やら案のある様子である。

「どないする言うねん」

「銀行で言うところの『にらみ預金』。あの方法を浪速ファイナンスの貸付に応用できないものかと思っているのです」

にらみ預金とは、融資する金の一部を事実上銀行が拘束することを言う。

これには万が一融資が焦げついた場合の担保に充てるという目的の他に、実質上の貸付金利を高める狙いがある。一千万の融資を年利一〇％で受けたとしても、実際に五百万円を口座に残して置かなければならないとなれば、借り主に対する実質金利は二〇％にも跳ね上がるというわけだ。

もっとも、銀行では当たり前に使われる手法でも、浪速の場合いささか状況が異なる。

「しかし、浪速ファイナンスは銀行と違うて口座は持たん。貸付金の一部を拘束するいうわけにはいかんで」

滝本は素直に疑問を口にした。

「経営指導料という名目で、融資金額の一部を支払わせてはどうかと」

「なるほど、経営指導料なあ」

物は言いようである。経営指導という名目で、貸した金の一部を利子とは別に吸い上げることができれば、実質金利は増すことになる。まさに悪魔的アイデアである。

「もちろん、全ての貸し先にこの手が使えるとは限りません。しかし、浪速本体の事業と関わりがある先に関しては、必ず担当営業マンがいます。浪速ファイナンスからの融資も、浪速物産の営業マンが仲介するわけですし、当然その後の事業推移も監視することになるわけです。要は、その管理、指導手数料を取引先から支払ってもらう。それを融資の条件とすれば、ファイナンス事業の収益は更に上がるんじゃないでしょうか」

「そらおもろいな」

滝本は即座に答えた。「そもそも、ファイナンス事業に本腰を入れよう思うたのは、浪速が総合商社を目指すなら、筋のええ会社を手に入れることが最も手っ取り早く、かつ確実な方法やと考えたからや。資金源を握り経営陣に息のかかった人間を送り込めれば、労せずしてその会社を傘下に置くことができるっちゅうのは、銀行がやっとることやからな。その点から言っても、あんたの考えはワシの目論見と一致するところやな」

「筋のいい会社とおっしゃるならば、将来上場を目指せる勢いの取引先は、東京支社管轄だけでも、幾つもありますからね。中には、実際に浪速の社員が深く経営に携わっている先も存在するんです。そうした会社に指導料を要求しても、否とは言わんと思いますよ」

柳田は自信満々の態で胸を張る。

「年明け早々から頼もしい話や。とにかく、あんたもワシも、もはやいづみに戻ることはできへん。次のない身や。浪速を最後の城と考えるのなら、他人からとやかく言われんだけの実績を上げるしかない。向こう傷は問わんよってな。経営指導料を取るも良し、サラ金でもパチンコでも風俗でもええ。銀行の貸せん先にもどんどん金を貸し付けて業績を伸ばすこっちゃ」

滝本は、自ら銚子を手に取ると、柳田に盃を勧め、「ところでな。あんた、力のある不動産業者を知らんか」

と話題を変えた。

「不動産業者と言っても様々ですが、どのような」

柳田は盃を受けながら訊ね返してきた。

「大きな土地を纏めてくれる力のあるところ。要は地上げ屋や」

「心当たりがないわけではありませんが……。場所、それに地上げする土地の大きさが分かりませんと、お答えしようがありませんね」

「場所は東京都心、広さはざっと千五百坪は必要やろな」

「都心でそれだけの広さとなると、よほど力のある業者でないと纏め切れんでしょうねえ」

柳田は思案を巡らすように天井を睨み、「しかし、そんな大きな土地をどこが欲しがっているんですか」

と訊ねてきた。

「ウチや」

「はあ？」

「浪速の東京本社ビルを建設しようと思うとんのや」

「本当ですか！」

柳田は目を丸くして声を裏返させた。

「仮にも繊維の専門商社としては日本一の浪速やで。ましてや総合商社化を目指して確実に基盤を固めつつあるんや。新規事業、ファイナンス事業が拡張していくことを考えれば、今の東京本社は手狭や。そろそろ自前のビルを持ってもええやろ。第一、馬喰町は辛気臭《しんきく》そうていかん」

「しかし、本社ビルを都心に構えるとなると、大変な資金が必要になりますよ。業績が順調に伸びているとは言っても、全額自己資金というわけには行きますまい。それに加えて千五百坪の土地ともなれば、纏まるまでには時間もかかるでしょう。その間、用地買収に要した資金は完全に眠ってしまうことになりますし、その上に金利ということになると……」

もっともな指摘だが、そこに頭が回らぬほど、滝本は迂闊な男ではない。

「あのな、なんぼ事業拡張と共に、社屋が手狭になる言うても、浪速の東京本社が使うだけやったら千五百坪は広過ぎるやろ」

「とおっしゃいますと?」

柳田は訊ね返してきた。

「低層階はブランドショップや国際会議場、高層階にはホテルを入れて家賃収入を得るんや。なんぼ馬喰町が辛気臭い言うたかて、都心の一等地に社員を入れとくだけのごついビルを建てるかいな。借金は店子に払ろうてもらうんや。そやから高い家賃を取れる場所でのうては意味がないんや」

「なるほど、それなら新社屋完成までの資金繰りだけを考えればいいということになりますね」

柳田は、納得がいったように頷いた。

「もっとも土地が纏まらん限りはこの話も絵に描いた餅や。せやから力と実績のある不動産屋を知らんか訊いたんや」

「しかし、千五百坪もの土地、それも都心ですからねえ……。短時間にとなると、尋常な手段ではなかなか難しいでしょうね」

柳田は眉間に皺を刻んだ。

「それはワシらが気にすることやあらへんやろ。相手がやれる思うたら仕事を請《う》けるやろし、無理やと思えば断ってくるやろ。浪速の依頼は、地べた千五百坪をまっさらに纏めて欲しい。ただそれだけや。どうやって可能にするかは、相手に任せればええがな」

柳田が何を言わんとしているかは明白だったが、滝本は冷たく突き放した。

「分かりました……」

柳田は二度三度と頷くと、真剣な眼差しを滝本に向けてきた。「力と実績のある地上げ屋ということなら、私が名古屋支店におりました時に何度か融資を検討した『吉《よし》国《くに》』という不動産会社があります。仲介は一切やらず、土地を仕入れてマンションの建て売りを行う所謂デベロッパーですが、駿《する》河《が》湾の一角に大規模なリゾートマンションを建設した実績もあります。地上げという点ではまさにプロと呼べる会社ですから、この仕事を任せるには適任かと……」

「検討したことがあるいうことは、融資は実行されなかったんか」

「デベロッパーはハイリスク、ハイリターンの典型ですからね。大企業はともかく、中小ともなると土地が短時間で纏まらなければ、資金繰りがたちまち行き詰まります。そうした事情もあって、いささか乱暴な手段を取ることもあれば、その筋の組織らしき人間と繋がりもあるやに聞き及びまして、いづみとしては直接融資を行うことを躊躇したんです」

「すると、いづみとは今でも取引関係はないということやな」

「そのはずです。しかし、これほどの物件を短時間で纏めるとなれば、多少のことには目を瞑りませんと――」

「いや、そうやないんや」

滝本は柳田の言葉を途中で遮ると続けた。「浪速が東京にでかいビルを建てるなんて話が聞こえたら、どこから茶々が入るか分からんよってな。この話は、当分の間極秘で進めようと思うとんのや。その点、いづみと直接的取引のない業者は好都合や」

「では、吉国には早々にこちらの意向を打診してみます」

柳田は、しっかと滝本の目を見詰めて頷いた。

「ワシらの城が持てるかどうかの話やで。性根を入れてやってくれ」

その言葉に、柳田の瞳が輝いた。滝本は銚子を手にすると、にやりと笑いながら酒を勧めた。

14

「釣りはいい。取っておいてくれ」

伊崎は、三枚の千円札を運転手に手渡すとタクシーを降り、病院の玄関に向かって小走りに駆けた。

普段なら、外来患者でごった返すロビーも、午前六時を回ったばかりとあって、人影はない。エレベーターを使うのももどかしく、階段を上り二階に上がると、仄暗い廊下の奥に、煌々《こうこう》と明かりが点る一角があり、そこに二つの人影が見えた。

「大吾君、生まれたよ。元気な男の子だ」

義父の曽根文弘が、満面の笑みを投げ掛けてくる。

「えっ、もう生まれたんですか」

伊崎は思わずその場で足を止め、訊ねた。

「陣痛が来たらしい。これから病院に向かう」という報せを曽根から受けて、小一時間ほどしか経っていない。初産《ういざん》は遅れるものだと聞いていたのに、予定より一週間も早い。それに出産は陣痛が始まってからが長いのだと散々脅《おど》かされてきたのだ。それからすれば拍子抜けするほどのあっけなさである。もっともそれが、安産の証であったのならなによりではある。

「分娩台《ぶんべんだい》に上がった途端に破水しちゃって、お医者様が診たら、もう頭が見えてるって。そっから先は、あっという間。本当、親孝行な息子だわ。これも毎週、水天宮様にお参りした御利益だわ」

義母の栄恵《よしえ》が、はしゃいだ声を上げながらも、胸の前でそっと手を合わせると、

「さあ、早くこっちへ来て、息子の顔を見てあげなさい」

伊崎を新生児室の窓際へ呼んだ。

ガラスを一つ隔《へだ》てたところに、白いシーツが敷かれた寝台が置かれている。そこに産着を着せられ横たわる小さな赤子の姿があった。まだ完全に乾き切っていない頭髪が額にへばりつき、袖口から小さな拳が覗いている。薄紅色に染まった肌。時折寝言を言っているかのように、口をむにゃり、むにゃりと動かす。

たった一時間ほどの間に、家族が一人増え、自分は父親になった。俄かに実感など湧くものではないが、それでも赤子の姿を見ていると、胸に込み上げるものを感じ、目頭が熱くなるのを伊崎は感じた。

「美智子は、どうしてます」

「病室で休んでいるわよ。苦しい思いをするのは嫌だ。無痛分娩がいいと言っていたけど、麻酔をかける暇もなかったんだもの。あの子も拍子抜けしたんじゃない」

伊崎の問い掛けに、栄恵は愉快そうに笑った。

「ちょっと、声をかけてきます」

安産とはいえ、出産は女性にとっての一大事である。我が子が無事生まれてきた姿を見ると、次に気にかかるのは妻の美智子のことだ。伊崎は、部屋番号を聞き、踵を返して廊下を歩いた。

静かにノックし、ドアを開けた。気配を察した美智子がゆっくりと上体を起こそうとする。出産に備え、短く切った髪が、少し乱れている。化粧を施していないせいもあるのだろうが、やはり疲れているようで、顔が少し青白い。

「動かなくていいよ。そのまま……」

伊崎は、美智子の動きを制すると、「ご苦労様だったね。元気な子供を産んでくれてありがとう」

心から労《ねぎら》いの言葉を掛けた。

「早く出てきちゃって、間に合わなかったね」

美智子が微笑《ほほえ》みながら言う。

出産には立ち会う。それがかねてよりの二人の約束だった。

「ああ……」

伊崎は美智子の手を握り、「きっと、素直で手間要らずな子供に育つよ」と笑みを返した。

愛おしいと思った。桐子を通じ、滝本の世話で見合いをし、三十七歳にして初めて娶《めと》った女性である。

よくぞ自分のような男との結婚を承諾してくれたものだという思いもあった。加えて、日の出の勢いの鳳味亭グループを率いる社長の娘と言えば、さぞや気位も高かろうし、贅沢も身についているに違いないと思っていたのが、まったくそんなことはない。新居こそ、世田谷の高級住宅街にあるマンションを義父が用意してくれたが、日頃の家計は伊崎の給料の範囲内におさめ、家事の一切も自分で行う。つまり身の丈に合った生活を送ることを当たり前と考えている女性であることが、伊崎には好ましく思えた。

おそらく、そうした生活感覚が身に付いたのは、偏《ひとえ》に美智子の生い立ちによるものと思われる。

何しろ、父親の曽根は、中学卒業と同時に集団就職で山形から上京し、板金工から始まって、幾つもの職を転々としながら板前になり、ようやく開業した小さな居酒屋『鳳味亭』を足がかりに、今の地位を築いた苦労人である。今でこそ立志伝中の人物と讃《たた》えられはするものの、それまでの家族の生活は、赤貧《せきひん》洗うがごときものであったという。

実際、ある時、美智子はふと漏らしたことがある。

「必要以上の贅沢はしたいと思わない。贅沢を知れば貧しくなった時が怖い――」

と。

だから、美智子は不自由のない暮らしをさせてくれる父親に、感謝と尊敬の念を抱いていたし、父親が築いた鳳味亭グループの行く末を誰よりも案じているようだった。その点からすれば、自分との結婚を素直に受け入れたのも、父の事業の役に立つため、力になる男を伴侶にできるなら本望だと考えたのかも知れなかったが、愛情は育てるものである。二人の間には、確かな愛情と信頼関係が生まれているように思えたし、美智子も同じように感じているであろうことを伊崎は疑わなかった。

ほどなくしてドアがノックされると、栄恵が顔を覗かせ、

「大吾さん。赤ちゃんを抱かせてもらいなさいよ」

と言った。

新生児室の外で、曽根が抱いていた赤子を手渡してきた。小さな体を抱く腕に、力が入った。優しい体温が伝わる。安らかな息の音が聞こえる。

「大吾君、ありがとう。鳳味亭グループに跡取りが生まれて、こんな嬉しいことはない。この子が立派な経営者となるまで、俺とあんたも頑張らなければいけないな」

曽根は目を潤ませながら、決意の籠った言葉を口にした。

「鳳味亭グループはこれからです。大飲食チェーンを築いたとは言っても、関西はまだまだ開拓の余地が残されていますからね。それが終われば九州、四国。飲食店は、レストラン、居酒屋とは限りません。浪速も全力を挙げてバックアップする意向に変わりありません。資金が必要ならば、幾らでも出すと、先日も改めて上から言われたばかりです」

曽根は、うんうんと頷くと、

「実はな、美智子のお腹の子供が男だと分かった時に、新しい事業に乗り出す決意を

したんだよ」

静かな声で言った。

曽根は、家族の前では仕事の話を一切しないのが流儀だ。

伊崎は子供を栄恵に手渡すと、その場を後にした。

「新事業とは、何を始めるんです」

「宅配専門のピザ屋をやろうと思う」

曽根は、旭が差し込んでくる廊下を歩きながら言った。

「ピザ屋ですか。何でまた」

「今まで私がやってきた商売は、いずれも客を店に呼び込むものだ。居酒屋の客のメインは、サラリーマン、学生。ファミレスは家族連れ。チェーン店という性質上、単価は他の店に比べてかなり安いが、大量に仕入れて原価が抑えられる分だけ利益率は高い。しかしな、曜日による変動が大きい。そこが問題だったんだ」

「その点、宅配専門ならば、店に足を運ぶ必要はない。大きな店舗を持たなくとも済むというわけですね」

「そうだ」

曽根は、頷くと続けた。「ピザに着目したのはね、居酒屋でも、ファミレスでも常に人気メニューの上位に入っているからだ。つまり、酒を飲む大人のつまみにもなれば、子供の食事のメインにもなると睨んだんだ。実際、アメリカでは宅配ピザの全国チェーンがあるというからね」

「確かに、そうかもしれませんね。日本人の食生活も欧米化が進んでいますし、ピザをパンの上にチーズや野菜や肉が載ったものと考えれば、主食としても成り立つ。一般家庭にも充分受け入れられるでしょうね」

さすがは、一代で鳳味亭グループを確立した経営者である。話の一端を聞いただけでも筋の良さは分かる。

「問題は資金だ」

曽根は足を止めると、窓の外に目をやった。病院の敷地を取り巻くようにして植えられた満開の桜を愛でるように眺めながら、とつとつとした口調で続ける。

「冷めたピザは食えたもんじゃない。焼きたて、出来たてを届けなきゃならない。勢い一つの店舗がカバーできるエリアは決まってくる。ましてや、原材料の供給、店の存在を知らせる告知を考えれば、単店舗ではコストがかかりすぎる。となればだ、ここぞと決めた地域には、集中して何軒もの店を出店することだ」

「店舗の家賃、設備投資、広告費、人件費、あらゆるコストを考えると、確かにある程度のスケールで事業を始めなければ、いい結果は生まれないでしょうね」

「勝算はあるんだ」

曽根は自らに言い聞かせるように言った。「だけどな、蓋《ふた》を開けてみないと分からないのが商売でもある。万が一のことを考えれば、損害を最小に抑える手だてを先に講じておかなければならんだろ？」

「おっしゃる通りです」

「その点、ことこの事業に関しては、浪速から資金を引っ張るのは怖いんだ。君も知っての通り、浪速の金利は銀行よりも随分高い。それに今期からは、経営指導料という名目で、融資額の七％を支払ってくれと申し入れてきた。おそらく、今後、経営指導料だけでも、浪速には年間千万単位の金を払わなくてはならなくなるからね」

経営指導料名目の支払いを、浪速が鳳味亭グループに申し入れたことは知っている。いや、鳳味亭グループだけではない。浪速が本社案件とし、担当社員が経営に深く関与している先には、もれなく同じ申し入れがなされていた。そして、その中の決して少なくない先の財務状況を監視、管理しているのが伊崎だった。

融資を受けている側からすれば、理不尽な思いを抱くのは当然であるかもしれない。しかし、浪速の側に立ってみれば、融資先の経営がうまく行くよう、担当者を置き、管理するのにもそれなりのコストがかかる。義父と自分が身を置く会社との間に挟まれて、伊崎は何と答えたものかと、思わず押し黙った。

「だからと言って、銀行から金を引っ張るつもりはないよ。実際、鳳味亭グループが、関西でチェーン店網を確実に広げられたのは、浪速の力なくしてありえなかったことだ。その点から言えば、経営指導料を払って当然だろうし、浪速の力はこれからも必要だ。だけどね、現時点では、既存事業の拡大に要する資金だけで手いっぱい。これ以上の借り入れは負担が大き過ぎる」

「そうですねえ。関西、そしてその後の展開を考えれば、まだまだ資金は要りますからねえ」

伊崎は、鳳味亭グループの財務諸表を脳裏に浮かべながら、相槌を打った。

「なあ、大吾君。増資をすると言ったら、浪速は引き受けてくれるだろうか」

曽根は唐突に切り出した。

「増資ですか?」

なるほど、増資を浪速が引き受ければ、鳳味亭グループは無利子の資金を調達できることになる。しかし、問題はその比率である。曽根が支配する株数を、浪速の持ち株数が上回れば会社を意のままにされてしまう危険性が出てくる。

「そりゃあ、お義父さんが引き受けてくれと言えば、浪速が断るわけがありませんよ。事業は順調に拡大しているんですし、株を持つということは、両者の関係が今まで以上に密なものとなるんですからね。しかし、問題は――」

「それは分かってる」

曽根は、伊崎の言葉を遮ると言った。「増資の額は三億。今の資本の倍だ。そのうち、一億二千万円は私を含めた身内が出す。浪速の出資は、一億八千万円。全体の三〇％だ」

三分の一の株式を握られれば、株主総会での議決拒否権が生ずる。つまり、曽根が経営の主導権を何の問題もなく保持できるぎりぎりの線まで、浪速の出資を受け入れようというのだ。

「社員である私がこんなことを言うのも何ですが、株式の一〇〇％を曽根家、及びその一族が握っている鳳味亭グループの一角に、その程度の額で食い込めるのなら、まさに願ったり叶ったり、浪速は喜んで出資すると思いますよ」

伊崎は改めて注意を促した。

「私はね、会社の現状には満足しているつもりだった。でもね、大吾君。あの子の顔を見たらね、改めて事業に対する欲が湧いてきたんだよ。鳳味亭グループを日本一の外食事業会社にするという欲がね。外食と言っても一流ホテルに入るようなレストランや、ファストフードまで数多《あまた》の業態がある。私は、その中のたった二つの業態で、しかも限られた地域で成功しているに過ぎない。だが、自力で日本一を目指そうとしても、グループ内に有能な人材はいない。生え抜きを育てようと思えば長い時間がかかる。商機を逃すことにもなるだろう。ならば、多少の危険を冒してでも、ここは大きな組織の力を借りるしかない。そう思ったんだよ」

曽根は一気に話すと、

「この事業は必ず成功する。いやさせて見せる。その成果を以て、鳳味亭グループを上場させ、名実共に日本一の外食事業会社にしたいんだ。その経営を、君、そして孫に受け継がせたいんだ」

熱い眼差しを向けてきた。

曽根の思いが伝わってくる。伊崎は深く頷いた。

15

浪速物産の株主総会は、大阪本社からほど近いホテルで行われる。

就任以来の増収増益、純利益は常に年度目標を上回り、毎年十億円以上の伸びを示していた。ましてや、浪速の株主構成は、早坂一族、金融機関、取引先、社員といった安定株主が五五％を占める。

ただの一人の質問者が立つわけでもない、文字通りのしゃんしゃん総会を終えた滝本は、総務部社員の先導で、恒例となっている懇親会の会場へと向かった。

厚い扉が開けられると、逸早く会場に入った有力取引先の社長、そして新旧の役員たちの視線が滝本に向けられ、人波が割れて花道を作った。

盛大な拍手が沸き起こる中、滝本は胸を張って演壇に上がると、マイクの前に立った。

「ありがとうございます」

滝本は殊勝に頭を下げて見せ、拍手が鳴り止んだところで改めて切り出した。「今年度の決算も、増収増益。計画目標を上回る結果を出せましたのも、先輩各位が営々と築き上げた浪速の信用、さらにはここにご参集いただきました、株主、取引先の皆様の厚いご支援の賜物でございます。また、皆様のご期待に応えるべく、日々汗を流してきた従業員諸君の努力の結果でもあります」

飲み物が載せられた円卓の周りに集うのは株主。左右の壁沿いに一列に並ぶのは、

彼らを担当する各部署の部課長である。滝本は、それらに向けて感謝の言葉を発すると、

「しかし、私はこの数字に満足しているわけではありません。今期は売上高で五百億。純益十五億の増額を目標とし、必ず達成するよう全社一丸となって取り組んでいく所存でございます。どうか、引き続きご支援を賜るよう、お願い申し上げます」

強気な言葉で挨拶を締めくくった。

株主の間から、再度盛大な拍手が沸き起こる。社員もまた、それに続くのだが、誰一人として笑みを浮かべる者はいない。更に高いハードルを課されたことへの緊張感と、不安の色が見て取れる。

乾杯を終えた滝本は、ビールが入ったグラスを手に、フロアに降り立った。

ちょうど昼食時である。株主たちが、会場中央に置かれた、食べ物の周りに群がり始め、場は急に和《なご》やかなものとなる。社員たちは一斉に壁際を離れ、各々が担当する客がいるテーブルへと向かう。

主役である滝本の元には、すぐに人が群がってきた。いずれも取引先の会社の社長で、彼らは口々に決算の数字を挙げ、滝本の経営手腕を褒め称《たた》える。

社長就任二年で赤字を回復、三年で復配、そして十年目を迎えた今では、年商は六

千億円に達しようとし、純益は四十五億円にもなったことを、ある者は奇跡と称し、またある者は滝本マジックとまで言った。それも決してお世辞ではない。本心から、そう思っているような熱い口ぶりである。

無理もないと思った。何しろ経営が危機的状況にあった頃の浪速の株価は、二百円そこそこ。それが今では七百円を超えるレベルで推移している。彼らの多くは、浪速あっての会社。そうした関係もあって、株を持たざるを得なかったに決まっている。それが、現時点では三倍以上の価値を持つ、立派な資産となっているのだ。今年度の目標が達成されれば、株価は更に上がる。

寄せられる賛辞は、滝本の経営手法への肯定であり、現体制が続くことを強く望んでいることは明らかだった。

「お久しぶりでございます」

やがて、一人の男が滝本の目の前に立つと、丁重に頭を下げた。

豊島だった。かつていづみの役員であった頃には、同じ本殿の住人だった人間である。入行以来、一貫していづみの本流を歩み、今では常務取締役の地位にいる。もちろん鏑木の腹心だが、滝本が表に出せない懐刀だとすれば、豊島は表の仕事を担う大刀である。

「やあ、豊島君。常務自ら、総会に足を運んで下さるとは、光栄やな」

滝本は、笑みを浮かべてみせたが、内心ではどうして豊島が——と、微かな疑念を覚えた。確かにいづみは大株主には違いなく、総会に出席したところで不思議ではないのだが、特別重大な議案があるわけではない。

「今や浪速はいづみにとって、最重要顧客の一つにして優良貸付先ですからね。問題なく終わると分かっていても、礼を失することはできません」

豊島は、眼鏡の下の目を細めると、如才のない言葉を返してきた。

「こないな業績を挙げられるのも、いづみあってのことや。ほんま、感謝しとるで」

「それは滝本さんの経営手腕に絶対的信頼を置いているからですよ。いくら滝本さんがいづみ出身だといっても、それだけで融資枠を広げ続けるほど銀行は甘くはありませんからね」

豊島は、真顔で応え、「しかし、先ほどのご挨拶には驚きました。昨年度は年商で三百五十億、純利益で十億の増収という驚異的伸びを示したというのに、今年度はさらにそれを遥かに上回る目標をお掲げになるとはねえ。浪速のビジネスには、まだまだ伸び代があるということですか」

と訊ねてきた。

「伸び代のないビジネスなんて、この世にありますかいな」

滝本は言った。「確かに、浪速が繊維の専門商社に留まっとったら、業界自体の好不調の波をもろに被《かぶ》るやろ。そやけど、総合商社となれば話は違う。加えて今のウチにはファイナンス事業っちゅうもんがあるよってな。金そのものへの需要は、どんな時代になってもなくなることはあらへんさかいな」

「なるほど。お言葉、身に沁《し》みます」

豊島は、真摯《しんし》に言うと、「すると、今年度はいよいよ新規事業も成果を出し始めるという目処が立ったということですね」

念を押すように訊ねてきた。

ぎくりとした。株主総会に出席したのは、礼を失しないためだと言っておきながら、豊島は浪速の事業内容をかなり詳細に調べ上げてきているに違いない。総合商社化を目指して以来、浪速の社内には、数多くの新規事業が立ち上がってはいたが、利益を挙げるまでに至ったものは、ほんの僅かしかない。驚異的と称された業績の伸びは、ファイナンス事業から上がる利益がほとんどで、浪速の実態は商社というよりノンバンクそのものと言った方が当たっている。

「ファイナンス事業と違って、現物を伴う商売っちゅうもんは、なかなか難しいものがあるんや。実が生《な》るまでには、まだまだ時間のかかる商売も多いんやが、幾つかの事業については、目処が立ちつつある。中には、そろそろ上場を考えとる先もあると も聞いとるしな。それが実現すれば、事業での収益だけではなく、大きなキャピタルゲインを得られるやろ」

「会社を育てるのも、商社の機能。資金を注ぎ、商社本来の事業で儲け、ファイナンスで儲け、さらにはキャピタルゲインですか。まさに銀行マンであった滝本さんならではの経営戦略ですね」

豊島は、感心したように頷くと、「しかし、これだけ見事な経営手腕を発揮されると、滝本さんは、まさに浪速中興の祖。後任は余程の人材でないと務まりませんねえ」

と何気に言った。

「後任?」

心臓が一つ大きな拍動を刻む。滝本は思わず問い返した。

「いや、滝本さんが、社長の座を譲《ゆず》る時が来たらの話です。有能過ぎる経営者の後を継ぐのは、さぞや大変だろうと——」

一般論を口にしているようでありながら、豊島の目はどこか醒めている。いや、醒めているというよりも、こちらの命運を知っているかのような冷たさがある。

まさか、自分の後任についての話し合いが、すでにいづみでは始まっているのでは――。

あり得ない話ではないと思った。浪速に来てから九年。同族会社は例外としても、一般的上場企業の社長の在任年数からすれば、長い部類に入ることは間違いない。それは鏑木とて同じだ。いづみにおいても、鏑木の在任の長さは異例の長期に亘っている。

もしや――。

体温が冷めていく。胸が苦しくなり、呼吸が速くなる。

豊島の背後に、話が終わるのを待つ人影が立った。その気配を察したのだろう、豊島は、

「それでは、私はこれで……」

と言い、一礼をすると人混みの中に姿を消した。

「社長。鳳味亭グループの曽根社長でございます」

伊崎だった。傍らに立つ曽根が、深く頭を下げた。

「やあ、曽根さん。ご無沙汰しております」

滝本は、気を取り直して笑みを浮かべた。

「浪速さんには、本当に感謝しております。鳳味亭グループが、関西で着々と店舗網を拡張しているのも、すべて浪速さんのお力があってのこと。加えて、買わせていただいた株も、この数年の間に二倍にもなりまして……。今日の総会でのお話を聞いておりますと、今期はますます業績が上向くご様子で、ウチも新たに株を買い増さなければいけないと、大吾君、いや、伊崎さんと話していたばかりです」

「ご期待に応えられるよう、全社一丸となって、目標達成に邁進《まいしん》するつもりですが、好業績も取引先の皆さんのような安定株主がいればこそ。そう言わはっていただけるのは何よりも嬉しいことですわ」

滝本は、伊崎に目を転じ、「どうや、嫁さんとは仲ようやってるか」

と、訊ねた。

「四月に長男が生まれまして……」

伊崎は恐縮したように言う。

「これも、滝本社長のお陰でございます。伊崎さんのような、素晴らしい人をお世話いただき、会社の財務指導を受けられるわ、跡取り息子を授かるわで、こんなに嬉しいことはございません。滝本社長には、足を向けて寝られません」

「いやあ、そら、おめでとうございます。鳳味亭グループの躍進ぶりは、担当部署を通じて聞いておりましたが、跡取りがでけたとなると、今までにも増して仕事にも力が入りますなあ」

「おっしゃる通りでございます。正直、今までは日本一の居酒屋、レストランチェーンを築き上げられればと思っておりましたが、新たな欲が出てきました。どうせ日本一を目指すなら、日本一の外食産業会社を目指そうと」

「ほう、それはええ話ですな」

滝本が相槌を打つと、

「こんな場所で何ですが、そこで社長にご相談があるんです」

曽根は、真摯な眼差しを向けてきた。

「何でしょう」

「実は、新しい事業を展開しようと考えております。それに当たって、増資を行いたいのですが、どうでしょう、浪速さんにその一部をお引き受け願えませんでしょうか」

滝本は耳を疑った。

鳳味亭グループは、すでに全国に三百を超える店舗を持つ。取引開始と同時に浪速が新たに設立した食品事業部は、鳳味亭グループへの食材の調達を機に、他の外食産業への販路の拡張に成功したお陰で、進行中の多くの新規事業の中でも、目を見張る結果が生まれている、数少ない事業の一つでもある。しかも、現行の事業の勢いからしても前途有望。まだまだ事業は拡大していくだろう。普通に考えれば、いかにして経営に参画するか、知恵を絞らなければならないところが、逆に向うから出資をしてくれと言うのだ。

「そりゃあ、曽根さんがお望みならば、浪速は喜んで出資させていただきますよ」

滝本は即座に応えた。

「滝本社長にお願いしたいのは、それだけではないのです。できれば、これを機に、鳳味亭グループの経営の一翼を担えるだけの人材を提供していただきたいのです」

「経営の一翼ということは、役員をウチから迎えたいとおっしゃるのですか？」

あまりにうますぎる話である。ここまで来ると、曽根が何か想像もつかないような考えを抱いているのではないかと思えてくる。

滝本は念を押すように訊ねた。

「今の鳳味亭グループには勢いがあります。ここは一気呵成に攻めに出るべきだ。この機に乗じて、事業を拡大し、上場を果たしたい。そう考えるようになったのです。

しかし、急速に拡大した会社の常で、我が社にはそれをやれるだけの人材がいません。可能にするための手だては一つ。浪速さんのお力を借りることです。経営指導ということではなく、経営そのものを浪速さんにお手伝い願いたいのです」

なるほど、上場に目が向いているなら、曽根の考えも分からないではない。

「で、どれほどの金額を出資したらええんですか」

滝本は訊ねた。

「一億八千万円ほどお願いできれば」

曽根は、恐縮したように視線を落とす。

拍子抜けするほど小さな額だった。ましてや、それで鳳味亭に資本参加でき、更には役員を送り込めるというのだから、これほどいい話はない。

だが、滝本はすぐに答えを返さなかった。わざわざ、向こうから掌中に飛び込んできた獲物である。屠《ほふ》るなら飛び切りの腕を振るって美味しい料理に変えることだ。

「ご意向は承りました。もっとも、役員を派遣するとなると、社内の調整を図らなならんこともありますよって、お返事は、日と場所を改めて――」

滝本は、目を細めながら告げた。

16

曽根が、大阪本社の社長室を訪ねて来たのは、株主総会から一週間後のことである。

「なるほど、宅配専門のピザ屋なあ。さすがは曽根さんや。ええところに目をつけたもんや」

新規事業の内容を曽根が話し終えたところで、滝本は心底感心した素振りで言い、

「どうや、あんたもそない思わへんか」

隣に座る向井に同意を求めた。

「いや、おっしゃる通りです。商売を宅配専門に絞れば、必要なのは厨房《ちゅうぼう》だけ。店舗の大きさは最小限で済む上に、ロケーションも関係ありませんから、家賃も抑えられる。結果、採算点も低くなる。まさにお手本としか言いようのないビジネスプランですね。感服いたしました」

向井が唸《うな》ると、

「それほどお褒めに与《あずか》ると、少々面《おも》はゆい気持ちになります。実は、この事業を思い

ついたのは、居酒屋やレストランでピザが人気メニューであることもあるのですが、ウチの社員の報告がきっかけなんですよ」

曽根は照れた笑いを浮かべながら言った。

「ほう、鳳味亭には、そない目端の利く社員がいはるんですか」

滝本は訊ねた。

「昨年、幹部社員を三名ほど、業界団体が主催したアメリカ視察旅行にやりましてね。私としては真面目に仕事に励んでいる人間へのご褒美、慰安旅行のつもりで参加させたんですが、その中の一人が帰国後、アメリカでは宅配ピザが一大ビジネスになっているとレポートに書いてきたんですよ。それを読んだ瞬間に、これはいけるかも知れないと閃《ひらめ》いたんです」

「そこが曽根さんの凄いところや。並の経営者なら、社員の出したレポートなんぞ、目もくれんもんですわ。そこから商売のヒントを摑むなんちゅうことはなかなかでけるもんやおませんで」

「そりゃあ、ウチは浪速さんのような大きな会社じゃありませんからね。滝本社長が一々社員が上げるレポートに目を通していたんじゃ、それだけで一日が終わってしまうでしょう。まあ、慰安旅行のつもりで出したとは言え、大枚叩いてアメリカまで行かせたんです。何か元が取れるものでも持って帰らなかったかと。いや、小商人根性というものはなかなか抜けないものです」

そうは言いながらも、褒めそやされて悪い気がする人間などいるものではない。曽根は、顔を紅潮させながら、テーブルの上に置かれた茶碗に手を伸ばす。

「それで、お申し出のありました、増資の件ですけどね。ウチとしては喜んでお引き受けさせて貰いますが、曽根さん、本当に一億八千万円でよろしいんですか」

滝本は、本題へと話題を転じた。

「と言いますと?」

何を訊ねられているかは、分かっているはずだが、曽根は惚《とぼ》けた素振りで茶を啜る。

「先に拝見した事業計画書によれば、増資額は三億。内、一億二千万円は、自己出資とありました。おそらく曽根さんは、今回の増資で六億になる資本金の三分の一を押さえられれば、浪速に拒否権を握られる。今後の成り行き次第では、面倒なことにもなりかねないとお考えになったんやと思いますが、過半数の株さえ握っていれば、会社は安泰。誰も手出しはできませんで」

「浪速さんの出資分をもっと引き上げろとおっしゃるのですか」

曽根の顔から笑みが消えた。

「社長がこんなことを申し上げるのは、それだけ曽根さんが始めようとなさっているビジネスが、有望だと確信しているからなんです。今以上に密な関係を結び、かねてよりの目標やった上場を早い時期に実現させたい。そう考えているからでもあるんです」

「ウチも商売ですしね。単に密な関係を結ぶというだけで、増資を引き受けるわけではおませんで。狙いはずばり、上場の際のキャピタルゲイン。儲けを大きゅうするためには、より多くの株を保有していた方がええに決まっとりますからね」

向井の言葉に続けて、滝本は率直に言った。

「もちろん、上場は私の夢です。それを実現するためには、これからも、浪速さんのお力添えを仰がなければならないと考えてもいます。だから、今回もこうして、増資をお引き受けいただけないかとお願いをしたわけです」

本来ならば、増資の引き受け先は幾らでもある。運営資金にしたところで、浪速から高利の金を借りずとも、銀行から融資を受けることが可能なのだと言わんばかりに曽根は言い、更に続けた。

「浪速さんには、食材の仕入れからマーケティングに至るまで、本当にお世話になっているとと思っています。ですがねえ、鳳味亭は、私が散々苦労した揚げ句にようやく手にした城なんです。ご助力を戴《いただ》きながら、こんなことを申し上げるのは虫が良すぎますが、己の城は己の思うがままになるようにしておきたいんです。それにお世話になっている分は、経営指導料をお支払いしていることもありますし、ここは商売と割り切っていただければと……」

「今回のビジネスは曽根さんにとって、夢である上場が叶うかどうかの勝負どころでっせ。ウチにしたかて、でかい出資をしたとなれば、お手伝いするにも力の入りようが違うてくるというもんです。その点から言えば、一億八千万とは、正直ウチにとっては額が小さ過ぎるという感が否めませんなあ」

滝本が更に迫ると、

「ありがたいお言葉ですが、これも私が今まで様々な仕事をやってきた中で学んだことの一つなんです。商売は水物、先にどんな展開が待ち受けているか分からない。商売がうまく行っている時は、会社同士の関係も、人間関係も万事うまく行く。しかし、一旦歯車が狂い始めると、たちまち崩壊してしまう。だから大切と思う先とは尚更のこと商売は商売と割り切ってつき合わなければならない。浪速さんは、私にとっては大切な会社です。もちろん滝本社長もそうなんです。どうか、その辺りの心情をご理解いただきたいと……」

曽根は、すっかり恐縮した態で頭を下げた。

「言うてはることは理解できないでもありませんけどね。関係が深まれば、逆にお互いに責任と義務が増すのも商売いうもんと違いますやろか。手形なんて紙切れ一つで、金が回るのもその証でっしゃろ。ましてや、上場したら、曽根さんは株主いう信頼を寄せて下さった方々に、責任を負わななならんことになるんです。夢を叶えるためにも、その後の経営をうまく舵取《かじと》りするためにも、ウチとの関係は持ちつ持たれつ、密にしておくべきやと思いますけどね」

「滝本社長のお考えはもっともですが、どうか増資額の引き上げだけはご勘弁を……」

曽根は再び頭を下げ、「その代わりと言っては、虫が良すぎるかも知れませんが、経営の舵取りを誤らないため、ひいては、一刻も早い上場のために、浪速さんから役員を迎え入れさせていただけないかと、お願い申し上げたのです」

と訴えた。

自分の城は、自分の思うがままになるようにしておきたいと言いながら、役員として外部から人材を迎え入れる――。矛盾しているような申し出だが、滝本には、曽根の思惑が透けて見えるようだった。

　曽根は、浪速が出資の増額を要求して来るのを端から想定していたのだ。しかし、何の見返りも与えずに断ったのでは、浪速の意欲を削《そ》いでしまうかもしれないし、良好だった関係にも、秋風が吹くことにもなりかねない。だが、役員を迎え入れると持ちかければ、状況はまた一変する。

　さすがに、一代でこれだけの外食産業チェーンを築き上げただけあって、なかなかしたたかな男だが、まだ甘い。

「そら、曽根さんが欲しい言わはるなら、出すことはやぶさかではおませんけど」

　滝本が答えると、

「役員を迎えれば、浪速さんとの関係も、今まで以上に密になります。我が社の経営状況も、より詳細に把握できることにもなります。どうか、これを私の浪速さんに対する信頼の証として、ご承諾いただければと思います」

　果たして曽根は読み通りの言葉を返した。

「曽根さんの気持ちは充分分かりました。ええですよ。それでやりましょ。ウチは飛び切り有能な人材を役員として出しましょう。増資についても、一億八千万円。それで決まりとしましょう」

滝本は、さっぱりとした口調で告げた。

「我儘をお聞き届けいただき、感謝の言葉もございません。ご信頼を裏切らぬよう、今までにも増して事業に邁進いたします」

曽根はいささか芝居がかった仕草で体を折り、上げた顔に、一転して安堵《あんど》の色を浮かべた。

話は終わったと思っているのだろうが、滝本にとっては、ここからが本題の始まりだった。

「そや、密な関係を結ぶ言うなら、曽根さん。あんた、ウチの株を買い増ししたい言うてはりましたな」

滝本はふと思いついたような口ぶりで切り出した。

「そりゃあ、買いたいのは山々ですが、増資に私財を注ぎ込むことでもありますし、私にはそれだけの資金の持ち合わせが……」

「曽根さん個人が買わんでもええですがな。会社で買うたらよろしいやん」

「会社が運転資金を融資で回しているのはご存知でしょう。株を買うだけの余裕はありませんよ」

曽根は不思議な顔をする。

「購入資金は浪速ファイナンスが用立てますわ」

「しかし、それでは金利の払いだけでも……」

「買うて下さるいうなら、金利は年利三%で結構ですわ」

「はあっ？」

運転資金にかかっている金利に比べれば、破格の低率である。曽根はますます理解できないとばかりに、目を丸くした。

「ただし、担保は入れてもらわな困りますが、それはウチが貸した金で買う浪速株を充てたらよろし。そしたら、その後新たな資金需要が発生しても、ウチの株が値上がりしてれば、与信枠もぐんと広がりますやろ」

「なるほど、株価が上昇すれば融資枠も広がるということですね」

「そういうことですわ。金利を補って余りある勢いで株価が上がれば、鳳味亭の含み資産は増す。決算の数字も作りやすくなれば、ウチ、あるいは銀行からの融資も受けやすくなりますやろ。もっとも、担保の価値が増すかどうかは、ワシの経営手腕如何《いかん》やが、損はさせんだけの自信はありますけど、どないです」

「なるほど、お互いに株を持ち合えば、それこそ双方に義務と責任を負うという構図ができ上がるということになりますね」

「そういうことですわ」

滝本が頷くと、

「それで、どれほどの額を買い増しろと？」

曽根は訊ねた。

「今後の資金需要を考えれば、五億円ほど買うといたらどないです」

「五億！」

曽根の声が裏がえった。

「ざっと今の相場で換算すれば、七十万株になりますかな。もっとも、金利は年に一千五百万。二十円ちょっと上がればちゃらですわ」

「いや、本当にそんなことが可能ならば、是非買わせていただきたいと思いますが」

年に二十円の株価の上昇は、現在の浪速の勢いを考えれば、難なく実現するに決まっている。曽根は身を乗り出してきた。

「可能も何も、ワシがええ言うてんのやから、曽根さんに異存がなければ、実現しますがな。銀行の金利かて、取引先によって率が違うて当たり前。それに、鳳味亭さんの資金需要が高まり、どんどん金を借りてくれれば、浪速の業績も上がる。ウチはそこで儲けさせてもらおうっちゅうことですが、総合的に見れば、鳳味亭さんへの実質上の金利の優遇ですわ。悪い話やないと思いますが、どないでっしゃろ」

断る理由などありはしない。それから曽根は、何度も滝本の厚情に対する感謝の念を述べると、部屋を辞した。

「さてと、ここからやな」

二人になったところで、滝本は頬を緩めた。

向井は怪訝な顔をする。

「ええか、向井君。ここから先、鳳味亭の事業拡大は浪速の最重要課題。全力を挙げて取り組まなあかんで。資金は低利でなんぼでも貸す。それと同時に、浪速が増資をする際には、まず曽根さんに声を掛けるよって、鳳味亭に株を買わせるんや。取得株を担保にしてな」

「はっ……。と言いますと？」

「分からんか。豚は肥え太らせて食え言うやろ。鳳味亭をいずれ浪速のものにするんや」

向井も、滝本の狙いを悟ったらしい。顔色が変わった。

「そういうこっちゃ。そうなれば、鳳味亭が持つ浪速の株は浪速の物。つまり、ワシが持ったも同然になるということや。どうや、悪うないアイデアやろ」

滝本は、唖然とする向井を前に、呵々と大声を上げて笑った。

17

名古屋の不動産会社『吉国』の社長、吉田国夫《よしだくにお》が、物件について直に説明したいと、東京代表の柳田と共に浪速物産大阪本社を訪ねてきたのは、七月に入ったばかりのことだった。

「お初にお目にかかります。吉田でございます」

手漉《てすき》の和紙で作られた名刺を差し出す吉田は、深い光沢を放つインクブルーの地に、黒のピンストライプのスーツ。鏡のように磨かれた黒革の靴と、見るからに金がかかった服装をしている。おそらく、五十歳にはなってはいまいと思われるのだが、それが全身から漂ってくる雰囲気にマッチしている分だけ、年齢以上の落ち着きと余裕を感じさせた。

「わざわざ、大阪まで出向いてもろうて、お手間をかけましたな」

滝本は、ソファに腰を降ろすと言った。

んでもございません。浪速さんのような一流会社から、お仕事を頂戴できますのは、私どものような名もないデベロッパーにとって、光栄この上ないことでございます。全力を尽くして、ご要望にお応えする覚悟を直に社長にお伝えしたく、柳田さんにお願いし、厚かましくもお目通りをお願い申し上げた次第です」

吉田は血色のいい顔に満面の笑みを湛えて、慇懃《いんぎん》に頭を下げた。

「ウチの依頼は柳田からお聞き及びのこととは思いますけど、正直なところどないでっしゃろ。望み通りの土地が手に入るもんでっしゃろか」

わざわざ挨拶にやって来るほどだ、余程の報せがあるのだろうとばかりに、滝本は訊ねた。

「吉田さんは、大変自信のある物件をお持ちのようでして。それもご自分の口からお伝えしたいと、おっしゃいまして……」

柳田が、傍らから口を挟んだ。滝本が目を向けると、

「社長、青山はいかがでしょうか」

吉田は力の籠った声で言い、胸を張った。

「ええですなあ。青山なら申し分ありませんわ。しかし、ウチが欲しい土地は千五百坪でっせ。そない大きなもんを、吉国さんが青山に用意できますのん」

滝本は訊ね返した。

「現在ウチは、五百坪ちょっと、纏まったものを持っておりまして」

「五百坪ねえ……。残り千坪。無理は承知とは言うても、随分時間がかかりそうやなあ」

「東京の一等地、それも千五百坪をとおっしゃるのですから、纏まるまでには、ある程度の時間は覚悟していただかな困りますよ。それだけの広さの更地が手付かずのまま残っているわけがありませんからね」

「そらそうやろなあ」

滝本が頷くと、

「しかし、浪速さんが本社を兼ねた複合ビルをお建てになるいうなら、この物件は理想的な条件ではあるんです。何しろ、買収を終えた土地は青山通りに面してますもんで。一等地の中の一等地はすでにウチのもの。地上げの中の最も難しい部分はほとんど片が付いているんです」

吉田は、持参してきた筒の中から地図を広げた。赤枠で囲まれた部分が、すでに所有している土地であるらしい。

「この部分の土地が、吉国さんのもんか」

「ええ。今はまだ建物があって賃貸物件にしてありますが、取り壊して更地にするのはいつでも可能な状態にあります」

「買うたということは、何か目的があってのことやったんでっしゃろ」

「分譲マンションを建てる計画でしたが、浪速さんが必要だとおっしゃるのであれば……」

吉田はいかにも含みをもたせた口ぶりで言い、「使える駅は地下鉄のものが二つありますし、平日、休日を問わず人通りもあります。それに、青山ならば、都心のどこのオフィス街にも遠くありません。ホテルや会議場に至っては、周囲に目ぼしい競合施設もありません。つまり、丸の内や赤坂などに比べても集客がしやすい。収益的にも充分見通しが立つ立地だと言えます」

と改めて立地の良さを強調した。

「確かにそうやな。せやけどな、なんぼ理想的な条件やと言っても、千五百坪、きっちり揃わな目論見通りに収益が上がるビルにならん。あと千坪が纏まるまでには、ある程度言うても、どれほどの時間がかかるもんやろ」

理想的な土地であることに疑いの余地はないが、十年先では意味がない。早ければ早いに越したことはないのだ。滝本は訊ねた。

「今の時点で、どれほどと訊かれても明確にはお答えできませんが、社長がお考えになっているほど長くはかからんと思います」

「そら心強い言葉やが、土地を纏めたいうても、形が悪かったら話にならんで。あと千坪となれば、戸建て住宅やマンションもありますやろ。商業ビルならオーナーとの交渉で済むやろが、一軒一軒と交渉せなならんいうことになれば、えらいことになるんと違うか」

「地上げとはそういうものですがね」

吉田はニヤリと笑うと、「住み慣れた家を譲り渡せいうのですからね。交渉は確かに難しいもんですが、譲りたくなるような状況は作れるんです」

当然のように言った。

それが何を意味するかは、聞かずとも分かる。

「地上げの方法は吉田さんが考えることや。自信があるならそれでええですわ」

滝本は苦笑いを浮かべながら言い、「ところで、吉田さん。地上げに要する資金はどない手当てするつもりです」

話題を変えた。

「実は、そこのところを社長とご相談させていただきたい思いまして……」

吉田の顔から笑いが消えた。

滝本は黙って促した。

「柳田さんからは、今回の地上げに当たっての資金は、浪速ファイナンスから融資したいという申し入れがございました。もちろん、それに異を唱えるつもりはありませんが、分譲マンションを建てれば、土地、建物、双方で確実に儲けられる物件をお譲りしようというのです。ましてや、都心の一等地。売るには苦労しないでしょうし、儲けもでかい。少なくとも、その分を補えるだけのメリットがなければ、地上げ、融資共にお受けする意味がありません」

「そらそうでっしゃろな」

美味しい餌を見せつけておいて、条件を出そうというところが、いかにも地上げ屋らしいと思いながらも、滝本が理解を示すと、

「どうでしょう。今回の仕事をお引き受けするに際して、浪速ファイナンスから融資を受ける条件を、金利は銀行さんと同じ。さらに、マンションが完売したとして、ウチが得たであろう利益相当分を、今後の融資の金利の優遇という形で埋め合わせていただくわけには参りませんか」

吉田は間髪をいれずさらりと言った。

「それはどうですかね。マンションの計画自体、まだでき上がってないんでしょう。

幾らで売るのか分からないものの上物の利益なんて、それじゃまるで言い値と言ってるようなもんじゃありませんか」

柳田が、とんでもないとばかりに慌てて口を挟んだ。

「いや、吉田さんの言わはることはもっともやで。ましてや、建てればまず売れることが間違いないマンション用地を譲り渡そういうんや。もちろん、売却価格には、買収原価に資金の金利も加算されるに決まっとるが、それでも分譲時の利益は捨てならんし、第一土地が纏まるまでの資金繰りも大変やろ。吉田さんやって、ビジネスやで。商談は双方のメリットを認め合って初めて成立するもんや」

これも、秘密を守るためである。大型融資案件の情報は必ず漏れる。ましてや、残り千坪。それも青山という一等地だ。そんな話が鏑木の耳に入れば、どういう反応を示すか分かったものではない。

柳田は、これまで交渉に当たってきた者として、面目が立たぬと思ったのか、不満げな様子だったが、

「ええやないか。それで行こうや。柳田君の言うように、マンションは売れてなんぼの商売やが、吉田さんやって、法外な利益を逸したとふっかけるような真似はせえへんやろ。むしろこれを機に、ウチとは長い付き合いをと考えてはるのやろうし」

吉田が本当に知恵の回る男なら、そう考えるはずだと思いながら、滝本は二人の顔を交互に見た。

「さすがは、浪速の社長さんです。おっしゃる通りです」

面と向かって図星を指されれば、むしろ言葉を繕う方が難しい。

果たして、吉田は少し驚いたように言う。

「敢えて言わしてもらえば、吉国さんの商売は、丁半博打そのものや。博打いうのは、こせこせやっても手持ちの金は貯まらんもんやし、やってるうちに、大きゅう張って、大きい儲けを摑みたくなるもんや。ところが、種銭貸す方にしてみれば、結果がどうなるか分からん勝負に大きな金は貸さん。金主探しには苦労してはるやろ」

博打に例えられ、少しは不快感を浮かべるかと思ったが、吉田は逆に頰を緩め、

「金主に損はさせたこともなければ、これからも損はさせないつもりでおりますもんで……」

僅かに頭を下げた。

「大した自信やが、ワシは、あんたのような男は嫌いやないで」

滝本はニヤリと笑い、吉田の目を見詰めながら続けた。「先のものより大きな利を摑むために、目前の利を捨てる。チャンスと見たら、とことん食い込み吸い尽くす。

それぐらいの計算と、知恵が働かん人間は、でかい仕事はでけへんもんや。もっとも、吸い尽くして殺してもうたら、元も子もない。共存共栄。これが何より大切なことやがな」

「そこまでご理解いただければ、これ以上私が申し上げることはございません。土地は吉国の全力を挙げて、纏めにかかりますので、一つ、末長いお付き合いを……」

吉田は体を折った。

紳士面をしていても、まともな男でないことは端から承知していた。しかし、付き合い方さえ間違えなければ、この類いの人間は武器にもなる。そして付き合い方とは、お互いが共存共栄の間柄にあることを認め合うこと。相手の正体と目的を、こちらが知っていることを事前に告げておくことだ。

これもまた、長い支店勤務時代に、担当先の倒産や、経営上のトラブルといった事態に遭遇し、事件屋、あるいは正真正銘のヤクザとの交渉といった修羅場を通じて滝本が学んだことの一つである。

「ただし、こちらも条件がありますで。この案件に関しては、資金調達は浪速ファイナンス一本に絞ってもらいます。それから、土地が纏まるまでは、一切他言無用。これは約束していただきますで」

「分かりました、ではこれで……」

吉田が答えたその時、電話が鳴った。来客中であることは、もちろん秘書も承知しているから、よほどの相手なのだろう。

慌てて、立ち上がった二人に目礼をしながら、滝本が受話器を取り上げると、

「いづみ銀行の鏑木頭取からお電話が入っております」

秘書の声が伝えた。

18

「あかんなあ……もうええわ……」

滝本の声に、桐子が髪を掻き上げながら顔を上げた。

「疲れてはるんやわ。あまり無理したらいかんよ」

桐子は乱れた襦袢《じゆばん》の襟元を整えると、滝本の横に体を横たえる。

妻とは体の関係を持たなくなって久しいが、女盛りの桐子を相手にすれば、行為は可能であったし、欲望もある。しかし、ここ暫く、桐子がどれほど献身的な奉仕をしても、滝本の体はぴくりとも反応しない。

「毎日朝早ようから会社に出て、夜は夜で会合続き。その上東京、大阪を往復するような生活を送ってはるんやもの。いつまでも夜の方も達者いうわけにはいきませんわ。どこかに皺寄せがくるに決もうてます」

桐子は、慰めるように言う。

「体が疲れてるとは感じへんのやけど、ややこしい話をぎょうさん抱えているしな。気の疲れがあるんかも知れん……」

滝本は腹這いになると、枕元に置いた灰皿を引き寄せ、煙草に火をつけた。行灯《あんどん》から漏れる仄暗い明かりの中に漂う紫煙を目で追いながら、滝本は、東亜相互銀行株の買収を巡る、昨日の会合を脳裏に思い浮かべた。

「滝本君。沖田《おきた》恒栄《こうえい》の佐伯《さえき》社長や」

鏑木から佐伯俊輔《しゅんすけ》を紹介されたのは、赤坂の料亭『鞍馬《くらま》』でのことだった。

佐伯とは初めて会うが、沖田恒栄の名前は知っていた。かつて、大財閥として名を馳せた沖田家が保有する、数多の不動産や有力企業の株式を管理運用する資産管理会社である。

「お初にお目にかかります。佐伯でございます」

名刺を差し出す佐伯は、歳の頃六十そこそこといったところか。櫛《くし》の目が通った頭髪をオールバックに纏め、小柄な体躯に小さく細い目。それがいかにも抜け目なく、俊敏な印象を醸《かも》し出す。

「浪速物産の滝本でございます」

「ご活躍のほどは、常々耳にしておりました。これを機に、どうぞよろしく……」

佐伯は、人品骨柄を見定めるように、素早く滝本の全身を舐め回すように見、

「ささ、佐伯さん。どうぞそちらへ」

上座を勧める鏑木の言葉に、躊躇《ためら》う素振りもなく床の間を背にして座った。

社長と言っても、佐伯は一族の流れを汲《く》む者ではない。雇《やと》われ者の大番頭に過ぎないのだが、鏑木の気の使いようは大変なものである。平然と勧めに従う佐伯の様子からも、彼が、増本一族が保有する東亜相銀株を取りまとめる上で、重要な役割を担っていることは明らかだった。

「ところで、滝本君。今回の件やがね。佐伯さんのご尽力のお陰で、増本一族が所有しとる株の譲渡に目処が立ってな」

鏑木が切り出したのは、先付に続き二の膳が並べ終えられた時のことだった。

「そうですか。いよいよですか」

滝本は、身を乗り出して相槌を打って見せながら、「しかし、創業家というのは、事業、会社に余人には計り知れぬ思い入れがあるもの。よく、増本一族が株の放出に同意したものですね」

胸中に、目論見通りに事が運んだ後の鏑木の出方に警戒心が芽生えるのを感じながら訊ねた。

「当たり前に考えれば、滝本さんのおっしゃる通りなんでしょうけどね」

佐伯は、含み笑いをしながら盃を傾ける。「決算承認銀行に転落。大蔵省から社長を送り込まれたとあっては、いかに大株主とはいえ、再び増本家が東亜相銀に君臨することはありえません。ましてや、不振の原因は、先代が行ったグループ会社への乱脈融資ですからねえ」

「仮に経営が立ち直ったとしても、社長の人選には大蔵省の意向が強う働くしな。増本一族にしてみれば、君臨できない会社の株を持っていたところでしょうがないっちゅうことになるわな」

「東亜相銀も、滝本さんのような辣腕《らつわん》経営者を早くに迎え入れ、再建に乗り出していれば、ここまで事態が悪化することもなかったんでしょうが、浪速の場合は、いづみ銀行との日頃の付き合いがあればこそ。銀行が支援を仰ぐとなれば大蔵省。あるいは他行との合併、身売り以外の選択肢はありませんからね」

鏑木の言葉に続けて、佐伯が言った。

「すると、増本一族は、東亜相銀株が、いずれいづみに渡ることを承知の上で株を手放すことに同意したのですね」

「いや、それは、一族の誰も知りません」

佐伯はあっさりと言う。

「しかし、普通に考えれば、決算承認銀行の株を、それも、銀行経営とは無縁の沖田恒栄さんが譲れと言えば、何か理由があると考えるでしょう」

「増本家も大変な資産家ですからね。私どもとは日頃のお付き合いがありますし、当方の事業も良くご存知ならば、どのような方々とのお付き合いがあるかも充分に承知していますす」

佐伯は意味あり気な口調で言った。

「要はやな、増本一族にとっては、もはやなんぼの金、どれだけの会社が手元に残るかが問題なんや。自分ではどないすることもできん銀行を持っとっても、面倒なだけや。もちろん、あれだけの支店網を持つ銀行や。身売りすると言えば、手を挙げる銀行はなんぼでもおるやろ。せやけどな、その時は必ず大蔵省が中に入るし、救済するに際しては負債の内容も詳しゅう調べられる。経営責任を問われ金を残すどころか、すってんてんになってまうかも知れへんのや。となればや、事情を全部知っとる信頼できる人に処分を任せ、今のうちに株を現金に換え、手を引いてしもた方が、ええっちゅうことになるやろ」

鏑木は、一気に話すと、ぐいと盃を空けた。

佐伯が言う、沖田恒栄が付き合いのある方々とは、かつて鏑木が話していたことと合わせて考えれば、政治家、それも大蔵省に大きな影響力を及ぼす地位にある人間を指していると見て間違いはあるまい。

「では、グループ会社はどうなるんです？　いずれ株がいづみのものになるとしても、当面は大蔵省から派遣されて来た社長の下で、東亜相銀は経営再建に邁進することになるわけですよね。だとしたら、グループ会社に行った融資の回収を真っ先に行うことになりませんか」

滝本は、改めて訊ねた。

「融資の回収は当面行わない。いや、させない。それが、私共が増本一族に提示した条件の一つです」

「すると、グループ企業に関しては、従来通り一族が経営に関与するということですか」

「私としては、この際、経営は第三者に委ねてはどうかと勧めるつもりでおります。東亜相銀がいづみ銀行に吸収されれば、メインバンクはいづみ。経営を任せる人材には困らないでしょうし、君臨すれど統治せず。増本家としても、グループ企業のオーナーとしての地位を保てるわけです」

佐伯は続けて答えると、滝本をじっと見た。

「それはウチにとってもええ話でな。一族が持ってるグループ企業っちゅうのは、息を吹き返せるだけの目処が立つもんが少のうないのや。中でも不動産事業は、身内を政界に送り込み、金をばら撒いただけあって、公共事業の用地となる土地、ゴルフ場、リゾートと筋のええもんがぎょうさんあんのや。ウチから人材を送り込めば、浪速同様立派な会社に再生できるやろ」

佐伯に続き、鏑木の目が見据えてくる。

鏑木が何を考えているかは訊くまでもない。グループ企業の再建を担うのは、誰でもない。お前だ、と言っているに違いないと滝本は直感した。

来る——と思った。

浪速の社長から、東亜相銀の系列会社にと言われれば、どう弁を繕えばいいのかと考えると、体が強張り、次の言葉が出て来ない。

「増本一族からの株の購入は、合意に至った以上、早いうちに行いたいと思います」

口を開いたのは佐伯だった。

体が弛緩する。滝本は、悟られぬようにほっと息を漏らした。

「買収金額は八十億円。その分は、佐伯さんから要請があり次第、浪速ファイナンスに融資するよってな。即日実行したってや」

鏑木が言った。

「分かりました」

滝本は、頷いた。

「もっとも、私共が株を持ったとは言っても、いづみさんへの転売は、まだ少し先のことになります」

「それはなぜです」

まだ時間はある――。

滝本の中で、安堵の気持ちが微かな希望に変わる。

「東亜相銀の番頭連中が自主再建を目指すべきと、強硬に主張しておりましてね。これを黙らせんうちに、私共が買った株をすぐにいづみさんに転売したのでは、ことがややこしくなります。落とし所は端から決まっているとはいえ、形を整えておかんことには、後でえらいことになりますからな」

「黙らせると言っても、どうなさるんです。東亜相銀にも組合があるでしょう。おそらく、これまではオーナー企業にありがちな御用組合のようなものだったでしょうが、会社の命運がかかってくるとなれば、話は違います。オーナーの箍が外れる上に、門外漢の第三者が大株主になるんです。当然会社、ひいては自分たちの将来に不安を抱く。そこに番頭格が自主再建をと言い出せば、組合も黙っていますまい」

買収を困難にする要素は、希望を大きくする要素である。

滝本の声に自然と力が籠る。

「それは君が知る必要のないことや」

鏑木は冷たい声で話を遮ると、「とにかく、この一件に関しては、すべて佐伯さんに任せ、指示に従うことや。ええな」

と念を押した。

「東亜相銀が、いづみのものになるのはもはや既定の路線。時間の問題です。鏑木さんが、いづみを日本一の大銀行に育て上げるという夢が、いよいよ実現性を帯びてきたものになったわけです。その時がバンカーとしての集大成。さしずめ次は、財界、それも経団連のご重鎮ということになりますかな」

佐伯は、初めて大口を開けて呵々と笑い声を上げた。

滝本は、再び煙草を吸うと、立ち昇る紫煙を目で追った。

おそらく、佐伯の読みは外れてはいまいと思った。

東亜相銀を手中に収めれば、バンカーとしての鏑木の名声は揺るぎないものになる。日本一にならずとも、都市銀行第四位の銀行を、その地位を狙えるまでに育て上げたという実績を以てすれば、経団連の重鎮も夢ではない。もちろん、財界活動に乗り出すに当たっては、頭取の地位を去り、おそらく会長に就任するだろう。

自分を浪速から外そうとするならその時を措《お》いて他にない。直接鏑木が断を下さずとも、豊島、あるいは次に頭取になる人物が、必ずや浪速という城から自分を追い出そうとするに決まっている。となれば、残された時間は佐伯が東亜相銀の番頭を追い出すまでか——。

「怖い顔して、何考えてはるん？」

桐子の声で我に返った。

「いや、別に……」

滝本は、まだ長い煙草を灰皿に擦り付けると、「ええ女を前にしても、でけんようになってもうたんやないかと思たら、心配になってくるわ」

桐子を見ながら、強がって見せた。

「ねえ、あんた……」

桐子が、今まで見せたこともないような、思い詰めた目で滝本を見た。

「なんや」

「うち、東京へ行こうかと思うんやけど……」

「東京って……。東京へ住むいうことか」

桐子は黙って頷く。

「店はどないすんねん。常連客もついとるし、もったいないやないか」

「疲れてはるあんたを見ていると、何や放っておけんようになってしまいますのや。うちが東京に行けば、わざわざ京都まで来んでも、あんたが向こうにいる時は、世話してあげられますやん。東京で店を開けば、手料理も食べさせてあげられます」

「東京で店いうたら、ぎょうさん金がいるで」

「今までの貯えがありますし、居抜きで店を売りに出せば、資金のことなら何とかなります。家もこの住まいを処分すれば、普段は女一人やし、あんたが泊まれる程度のもんは買えますやろし」

桐子が身を案じてくれる気持ちは嬉しいが、今まで以上に関係を密にしたところで、何を以て報いてやれるというものではない。愛情を覚えていないと言えば嘘になるが、かといって長年連れ添った妻と別れるという選択肢は滝本にはありはしなかった。

そんな気持ちが顔に出たのか、

「深刻に考えんでええのです。お手当を増やしてくれとも、ましてや奥さんにしてくれとも決して言わへんし。愛人の立場は充分にわきまえているつもりです」

桐子はくすりと笑った。

「別にそないなことを考えたわけやないが……」

滝本は図星を指されて口籠った。

「うちは、叩き上げのあんたが、大きな城を築くまで、どないな道を歩むのか、傍《そば》で見ていたいんです。力になりたいんです。そやから、東京行きたいいうのはうちの勝手な興味から。そう考えてうんと言いよし」

桐子は返事を促して来ると、「もっとも、お店、お家の物件探しはよろしゅうおたの申しますえ。浪速不動産さんにお願いすれば、飛び切り借り得、買い得のもんが世話してもらえますやろし」

桐子は本気とも冗談ともつかぬ口調で言った。

「その程度のことなら、なんぼでも世話したるわ」

滝本は、思わず笑みを浮かべると、「ええやろ。好きなようにしい」

桐子の髪をそっと撫《な》でた。

19

風が吹く——。それもかつてないほどの強い追い風だ。

滝本は、経済新聞を机の上に置くと、返す手でインターフォンの呼び出しボタンを押した。

「お呼びでございますか」

すかさず秘書の声が応える。

「向井君にすぐ部屋に来るよう言うてくれ」

滝本が伝えると、程なくしてドアがノックされ、向井が現れた。

「今朝の新聞、読んだか」

執務机の前に立つ向井に向かって、滝本は訊ねた。

「G5の件ですね」

向井が、滝本の前に置かれた新聞に目を落とす。

「G5各国がドル高是正に向けて協調介入するいうんや。ましてや、目的がアメリカの双子の赤字を解消するためとなれば、一過性のものにはならんで。円高がどこまで進むかは、神のみぞ知るいうやつやが、実勢相場の二百四十円台が、半分程度になってもおかしゅうないで」

「国際通貨としての円の地位が高まるのは、喜ばしいことなのでしょうが、日本は輸出依存型の経済でやってきたわけですからね。もし、社長がおっしゃるような事態になれば、日本にとっては大打撃になりますね。もっとも、それがアメリカの狙いでもあるんでしょうが……」

向井は、深刻な顔をした。

「えらい悲観的に見てるんやな」

滝本は苦笑を浮かべた。「ワシはな、これが日本の産業構造が変わる大転換点になると思うんや。企業は生産拠点を人件費の安い海外へと移し始めるで。額に汗して働く労働の時代は終わりや。金は頭に汗して得る。いや、そうでなくては生き残れへん。そないな時代が来るで」

「確かに、長期的スパンで考えれば、社長のおっしゃるようになるとは思います。しかし、現実問題として、頭に汗して金を得られるのは大企業。それもホワイトカラーの一握りの人間ではないでしょうか。特に下請けの中小企業ともなれば——」

「GDP世界第二位の国が、いつまでも世界の製造工場でいられるかいな」

滝本が途中で言葉を遮ると、向井は沈黙した。

「今は、誰もが当たり前に高校に行き、その四分の一が大学に進む時代やで。汗水垂らして働く現場より、冷暖房が利いたオフィスで働きたいと願う時代でもあるんや。そう考えれば、従来通りの産業構造が成り立つと考える方が無理があるんとちゃうか」

「それは……おっしゃる通りでございます……」

向井は、視線を落として頷いた。

「もっとも、円高が急激に進んだのでは、当面の企業経営が成り立たへんようになるやろ。放置すれば日本は不況の嵐に見舞われる。ならば政策当局はどないすると思う」

滝本は問いかけた。

「国が円高を是認するというんです。当たり前に考えれば、公共事業を始めとする内需拡大政策を打ち出すということになるんでしょうが、元手は税金です。企業収益が落ちれば、従業員の年収も落ちる。結果、税収も減るということになりますからね。もちろん、予算は国債の発行で補うことはできますが、それにも限度というものがあるでしょう。内需といっても、国家に元手がないのでは、即効性のある対応は極めて難しいように思えます」

向井は、再び否定的な見解を示した。

「公共事業程度では足らんな。建設業界が潤うても、自動車、電機、数多ある輸出依存型の産業の損失は埋められへんがな」

「では社長は、他に手があるとお考えなんですね」

「ある」

滝本は断言すると続けた。「公定歩合の引き下げ。それも、かつてないほどの低レベルに設定し、市中金利を引き下げることや」

「なるほど、金利を引き下げれば、企業の設備投資が活性化するでしょうし、設備の近代化も進む。それがひいては合理化に繋がり、企業体質を強くもするというわけですね。しかし、銀行金利が下がれば、預金金利も当然下がります。それでは手堅く資金を運用する年金や基金といった銀行の大口顧客はもちろん、一般顧客にしても、銀行に金を預けていても意味がないということになってしまいます。預金高が減れば銀行にも貸す金がなくなる。それではキャッシュフローに支障をきたすという事態に陥る可能性が出てくるんじゃないでしょうか」

「君は、相当な悲観論者やな」

滝本は呆れて首を振った。「銀行に金を預けていても意味がないとなれば何が起こるか分かるやろ。もっと利回りのいいところに金は流れる。つまり投機や」

「投機はハイリスク、ハイリターン。危険が伴うものですよね。素人がそう簡単に手出しできるものでは――」

「当たり前に考えればその通りや。そやけどな、今回の円高は一過性のものとはちゃう。行き場を失う金の量は、かつてない規模になるやろ。おそらく、真っ先に金が向かう先は株やで。特に、年金、保険と人様から預かった金を運用して利益を挙げている機関の金は、銀行金利が下がれば収益バランスは大きく崩れる。少しでも高い利益を挙げようと、まず手堅い企業の株を買いに走るやろ。株価が跳ね上がれば、一般投資家も買いに走る。株で儲けたいう人間が、周りに当たり前にいるようになってみい。株は博打やと、興味を持たなんだ人間かて、黙って見てるかいな」

「お言葉ですが、円高が続けば、輸出依存型の日本企業の収益は——」

滝本は再び向井の言葉を遮り、

「株は必ずしも実体経済を反映するとは限らんもんやで。それに、君は輸出、輸出と言うが、何も上場しとる企業は輸出だけをやっとるわけやない。輸入を商売とする企業にとっては、円高はまたとない追い風やし、輸出に依存しとる企業かて原材料の多くは輸入に頼っとるわけや。製造原価が下がれば、円高差損もある程度は吸収できるがな」

苛《いら》ついた声で言った。

「おっしゃる通りです……」

語気に押されて向井は視線を落とす。

「それにな、銀行金利が下がれば、一般庶民にとっては、夢のマイホームを購入するまたとないチャンスやで。金利負担を考えると、手がでえへんと買い控えとった層も家を買い始める。すでに買った層はローンを組み替え、一ランク、二ランク上の物件を購入しだすやろ。当然、需要が増せば、価格は上がる。持っとるだけで、資産価値が上がるとなれば、不動産も立派な投資の対象となるで。これは銀行にとっても悪い話やない。貸付金利が下がっても、それを補って余りある借り手がわんさか出てくるやろからな」

「空前の投機熱ですか。本当にそんな時代が来るんでしょうか」

それでも向井は、懐疑的な様子である。

「間違いなく来るな」

滝本は、胸を張り背凭れに体を預けた。「投機ばかりやないで。金に満たされれば、贅沢をしたくなるのが人間や。今まで、手が出えへんかった遊びもしとうなれば、物を持ちたくもなるやろ。別荘を持ち、ゴルフに興じ、豪勢な飯を食う。それが極《ごく》普通のことになる社会に日本はなるんや」

「となると、不動産事業は浪速ファイナンスにとって絶好の貸付先ということになりますか。用地取得には莫大な資金を要するものですし、造れば売れるという時代が来れば、一獲千金を夢見て、まさに百花繚乱。大小の業者が入り乱れることになるでしょうが、銀行も実績のない業者に、おいそれと資金を融資するわけがありませんからね」

向井は滝本の狙いを先回りしてみせるように言った。

「そや。不動産、特に土地を取り纏める仕事には、金の匂いに釣られた有象無象《うぞうむぞう》が群がって来るやろな。上物を建てるには、技術、人、機材がいるが、地べたを纏めるのは人が相手や。身一つででける仕事やが、元手がなけりゃどないにもならへん。銀行から資金を引っ張れないとなれば、高利であっても構わんということになるわな。当然、浪速ファイナンスには、その手の連中からの融資の打診は引きも切らずいうことにはなるやろ」

滝本は、向井の言葉をひとまず肯定してやると、「それ以上にや、そんな時代になるとなれば、ファイナンス事業以上に、浪速、ワシら、双方にとって、大きなチャンスの到来やで」

ニヤリと笑った。

「と申しますと」

「人が大金稼ぐ商売を、指を銜《くわ》えて見ているだけじゃつまらんやろが。不動産事業が儲かる言うなら、浪速不動産にやらせたらええやろ。土地を纏める金は浪速ファイナンスが出す。ただし地上げの済んだ土地は、浪速不動産が買い取る。そこに、マンション、リゾート、ゴルフ場。土地に合わせた開発をして売りまくれば、でかい儲けになるで。子会社の儲けは、浪速の儲けや。当然、浪速の株価も上がるやないか」

「なるほど。浪速の株価が上がれば、例の二つのダミー会社の融資枠も広がり、社長の自社株保有率も着実に増していく、ということになるわけですね」

向井は、ようやく合点がいったようだったが、「しかし、株価にせよ土地にせよ、投機には必ず調整局面というものがやって来るものです。上昇カーブが急激であればあるほど、下げる時の幅もまた大きい。そう考えれば、投機色の強い業態に、多額の融資を行うのは慎重に行うべきとも思うのですが……」

いかにも銀行出身者らしい、見解を口にした。

「リスクのない商売なんぞ、この世のどこを探してもありゃせんんで。とにかくでかい儲けを挙げられる千載一遇《せんざいいちぐう》の時代が来るんや。乗れる船には誰よりも早く乗る。危ないと思った船からは、いち早く降りる。それが商売人の才覚っちゅうもんや。要は、その準備を整えとけということや」

向井との話を終わらせながら、問題はまさにその『時』なのだと滝本は考えていた。

いづみ、あるいは早坂一族をもってしても、自分を排除できないだけの株を我が物にしてしまえば、ハイリスク、ハイリターンの商売に力を入れる理由はない。それが三年先のことになるのか、あるいは五年先のことになるのかは分からないが、とにかく、目的が達成されるまでの間だけ、投機熱に浮かされた景気が続きさえすればいいのだ。

もし、途中で相場が頭を打ち、下降線をたどるような事態となれば、浪速ファイナンス、浪速不動産も無傷ではいられない。早々に経営責任を問われ、浪速を去ることになるだろう。いや、それ以前にいづみが東亜相銀を吸収する鏑木の目的が実現すれば、すべては徒労に終わり、夢と潰《つい》える。もちろん、現状からすれば、後者の可能性の方が格段に高いと言わざるを得ないのだが、ただ座して命を待つという選択肢は滝本にはない。

前代未聞の相場景気が訪れると、向井に語ったのは、窮地を脱したいと願う滝本の心情の表れでもあった。

電話が鳴ったのは、向井が部屋を出たその直後のことだった。

「東京の柳田でございます……」

電話は東京代表の柳田からである。いつになく声の質が硬く、低い。何か深刻な事態が持ち上がった予感を滝本は覚えた。

「実は、東京で担当しておりました、武蔵コンピュータシステムの資金繰りが急速に悪化いたしまして、主力銀行が手を引いたという情報が入ったのです」

「何、武蔵が？」

数多ある浪速ファイナンスの融資先の中でも武蔵は、最優良とされていたはずの会社である。

「何でそんなことになったんや」

滝本は大声で訊ねた。

「社運を賭けて勝負に出た、パッケージソフトの開発に大幅な遅れが出た上に、武蔵の社長が、業務提携先に融資金の又貸しを行っていたんです。その貸付先が倒産しまして……」

「阿呆か！　又貸しに気がつかへんかったなんて理由が通るか。担当は何をやってたんや！」

滝本は怒りのままに声を荒らげた。

「はっ……」

語気の激しさに、柳田は、受話器の向こうで押し黙る。

「銀行が手を引いた言うなら、担保も押さえられるいうことやろ。そないなことになったら、武蔵はにっちもさっちもいかんで。ウチの貸付額はなんぼあるんや」

「百十億円です……」

額の巨大さに、今度は滝本が絶句する番だった。

これまで浪速の社長でいられたのも、就任以来の増収増益を果たしてきたからこそのことだ。その最大の根拠が崩れたのだ。

こんなことが表沙汰になれば、浪速を我が城にするどころの話ではない——。

受話器を握り締める手に、力が入った。

滝本の耳に、己の心臓が早く、重い拍動を刻む音が虚《うつ》ろに響いた。

20

社長就任と同時に始めた新規事業が躓《つまず》いたことは、これまでにも何度かあった。

しかし、最大でも数億単位の損失で、百億を超える金額が焦げついたのは、武蔵コンピュータシステムが初めてのことである。

これを機に滝本は、急遽《きゆうきよ》社内に特別監査チームを作り、進行中の新規事業の現状把握と採算見通しの徹底調査を命じたのだったが、その結果は想像を絶する酷いものだった。

有望と思われる事業よりも、見通しが立たぬどころか、このままの状態が続けば採算が取れぬまま、投下した資金が回収不能になる案件が山ほど出てきたのだ。

事業部の業績、進捗《しんちょく》状況には、課単位のレベルにまで自ら注意を払ってきたはずだった。それがどうしてこんなことになるのかと我が目を疑う程に、週一度の本部長会議、月一度の部課長会議の場で受けてきた報告と、特別監査チームが調べ上げてきた結果は全く異なるものだった。

滝本は、担当役員、部長、果ては課長を呼びつけ、徹底的に追及した。問い詰め、糾弾《きゅうだん》した。

誰もが滝本の前では、狼狽《うろた》え、あるいは沈黙し、事の経緯を明確に語ることはなかったが、ただ一人、合成樹脂事業部生活樹脂課の課長、広末《ひろすえ》だけは違った。

「担当している商売がうまくいかない。撤退すべきなんて、口が裂けても言えるわけがありませんよ。だってそうでしょう。失敗すれば、問答無用で降格、あるいは閑職《かんしょく》に飛ばされるのが分かっているんです。社長にとって、我々は駒の一つ。代わりはいくらでもいるでしょうが、我々駒はたまりませんよ。給料が減れば、生活が成り立たない。だから当面の数字、事業の行方を取り繕ってみせながら、絶望的な努力を重ねる。それが社長が就任以来始まった浪速の新規事業の実態ですよ」

腹を括ったのか、舌鋒《ぜっぽう》鋭く断じ、そしてこうも言った。

「社長の利益第一、信賞必罰主義に嫌気がさしているのは我々だけじゃないんです。

私が担当している取引先の一つ、三村《みむら》精機だってそうです。銀行に見捨てられた倒産寸前の会社に、多額の融資をしてもらったお陰で、経営が立ち直ったことには恩義を感じていますが、融資金利を引き上げるために経営指導料を要求する。果ては、新工場の建設までウチも噛ませろと強要する。三村精機は、もうこれ以上、浪速とは付き合えない。借入金は全額一括返済して縁を切りたいとまで言ってきてるんですよ。数少ない成功例でさえ、社長の行き過ぎた方針で潰れていくんです」

実態が隠蔽《いんぺい》されてきた要因は、広末の言葉に集約されていることは間違いないと、滝本は思った。実績を挙げられなければ、信賞必罰の罰が下されることが明らかである以上、どんな手を使ってでも逃れようとする。それが人間であり、自分とてその一人であるのだ。

しかし、滝本には広末の言に素直に耳を傾け、部下をここまで追いやった責任を真摯に反省する気などさらさらなかった。

一度はめた箍を緩めるのは、非が己にあることを認めることになる。それは同時に、浪速を我が物にする夢を捨てることにも繋がることでもあると、思ったからだ。

調査の結果が出るとほどなく、滝本は徹底的な粛清《しゆくせい》人事を行った。

担当取締役は解任。部課長は、降格、あるいは転属である。株主総会も何もない。

を去った。


「今回の責任を取って取締役を降りてもらう」ただその一言で、五人の取締役が浪速を去った。

もっとも、粛清人事を行ったところで、莫大な不良貸付金の処理という大問題が解決したわけではない。このまま放置すれば倒産は免《まぬか》れぬ、武蔵コンピュータシステムだけでも百十億円。目処が立たない新規事業に注ぎ込んだ資金を併せて処理するとなれば、総額は四百億円もの損失になるのだ。株主総会で明言した今期純益の六十億円を達成しても、遠く及ばないどころか、社長就任以来初めての大赤字決算となることは明白だった。

早坂には、一度でも増収増益が果たせなければ、社長の座を返上すると見得を切った。莫大な赤字を計上すれば、いづみも浪速の現状を子細に調べあげにかかるだろう。そこで見通しの立たぬ新規事業の実態が明らかになれば、鏑木とて自分を今のまま浪速の社長に据え置くことなどあり得ない。

少なくとも、今期決算だけは、達成目標と公言した六十億円の黒字を計上し乗り切らなければならない。そして来期の目標を更に高く掲げ、金融事業を拡大し、その収益を以て不良事業を徐々に処理していく。それしか自分の身を守る手段はない。

そう考えた滝本は、もはや死に体となったも同然の武蔵コンピュータシステムに、当面の運転資金として必要最低限の追加融資を行って倒産を防ぐと同時に、行き詰まった新規事業の処理も見送った。

皮肉なことに、滝本が採った手法は、厳しく課せられたノルマに苦しみ、現状を隠蔽した結果、今の事態を招くに至った現場の第一線に立つ部下たちが採った手法そのものであった。

鏑木から六本木のクラブ『唯』に呼び出されたのは、昭和五十八年も押し迫った、十二月に入ったばかりのことだった。

「例の東亜相銀の件やがね。沖田恒栄が手にした株のいづみへの売却な、いよいよ秒読み段階に入ったで」

店の一角にある、個室同然のボックス席で、鏑木は声を潜めた。

鏑木に命ぜられた沖田恒栄への八十億円の迂回融資は、佐伯に引き合わされた一月後に実行されていた。

東亜相銀の買収は、バンカーとしての鏑木の集大成ともいえる野望が懸かった最重要案件である。悠長に構えているはずがないとは思っていたが、それ以前に片づけなければならない問題があった筈である。

「すると、自主再建を目指していた番頭連中もついに折れたというわけですか」

滝本は訊ねた。

「そういうこっちゃ」

鏑木はにやりと笑い、「番頭連中いうても、強硬に自主再建を主張していたのは、戸倉《とくら》っちゅう検事あがりの弁護士でな。知恵袋として先代に取り入り、東亜相銀の監査役になった男や。もっとも、権力者が信頼を寄せる男が権勢をふるい、甘い汁を吸おうとするのは世の常や。こいつもいろいろと悪さをしとって、自主再建を目指したのも、それを隠蔽する目的もあったんやろ」

水割りを口に含んだ。

「元とはいえ検事が不正を働いていたとなれば、一大スキャンダルに発展することは間違いありませんからね。法の裁きも受けねばならんし、痛いところを突かれてぐうの音も出ないというわけですか」

鏑木はふふっと含み笑いをして、滝本の推測を裏付けると、

「ウチにとっては、これで東亜相銀を吸収するに当たっての障害は何もなくなったわけやが、問題はここからや」

一転して、厳しい面差しになった。

鏑木が、ただ酒を酌《く》み交わすだけのために自分を呼び出したりするわけがない。

東亜相銀の合併がいよいよ実現するとなれば、次に取りかからなければならないのは、乱脈融資を受けた先、経営不振に喘《あえ》ぐ増本一族のグループ企業の経営を再建することだ。

今夜の酒席に呼び出された時点で、想定していたこととはいえ、その任を担えと切り出されれば、どう言い逃れるかの案は滝本にはない。

「戸倉の不正が発覚したのは、大蔵省の長期検査の過程でのことやが、同時に東亜相銀の全融資額一兆円のうち、回収不能額がその半分の五千億円にもなるいうのは大誤算やったわ。それが信用不安に繋がって、一兆三千億あった預金も、六千億に減ったこともな。合併は不良債権を引き受けることでもあるしな。いかにいづみといえども、五千億もの金を損金処理するとなれば、負担はでかい」

鏑木は続けて言った。

「回収不能とされた不良債権の内訳は分かっているのですか」

滝本は訊ねた。

「大体のとこはな。政界にも随分な金が流れたやろうし、先代が個人的趣味で始めた事業が焦げ付いたもんもある。一族もそこから甘い汁を吸いもしたやろが、五千億っちゅう額の中では微々たるもんや。でかいのは、国が密かに計画しとった公共事業計画を、政界ルートを通じていち早く摑み、しこたま買い込んだ不動産なんや。原野、山林、田んぼに畑。大規模工業団地、あるいは自衛隊の基地。道路、港湾拡張用地。そら事業が実現すれば、価値は暴騰するやろが、実現せなんだら二束三文どころか買い手などつかへん。そないなもんがぎょうさんあるんや」

「しかし、佐伯さんを交えた話の中では、ゴルフ場やリゾート用地と、優良物件も数多くあるとおっしゃっていたではありませんか」

「優良物件を除いても、それだけの額になるということや」

鏑木は吐き捨てるように言い、「預金額の減と、回収不能の額を合わせれば、東亜の価値は一兆二千億も落ちたことになる。もちろん、いづみに吸収されれば、預金額は回復するやろが、なんぼ何でも、五千億もの負債をそのまま、いづみが背負うっちゅう事態は避けたいのや」

鏑木は本当に心底困り果てている様子である。

こんな鏑木を見るのは初めてだった。滝本は、そこに鏑木の弱みを見た。

大局に立てば、東亜を吸収しようという狙いは正しくとも、いづみとて株式会社。鏑木もまた株主から常に業績を問われる身である。そして、大局を見ずして、目前の浮利を追うのが大半の株主である。目前の評価がどう出るかを恐れているのだ。

「どうや、滝本君。難しい仕事になるのは重々承知の上やが、増本一族のグループ会社の再建を引き受けてくれへんやろか」

恐れていた言葉を投げかけられても、滝本は慌てなかった。

「いや、それぱかりはご勘弁を……。第一、私は浪速の経営で手いっぱいでして……」

滝本が困惑した表情を浮かべて見せると、

「浪速の経営を見事に立て直した君の経営手腕を見込んでいるからこそ言ってるんや。浪速の総合商社化も順調に進んどる。ファイナンス事業も確実に利益を挙げとる。君が社長に就任して以来、業績は毎年増収増益。今年の純益は対前年度十五億の増、六十億円にもなる。軌道に乗った会社の経営をやれる者はなんぼでもおるが、再建っちゅう仕事は誰にでもでけるもんやない。どうや、ワシも全力を挙げて支援するよって、この話、引き受けてくれへんか」

鏑木は、初めて懇願するように言った。

「頭取が私を買って下さるのは大変光栄なことではありますが……」

滝本はそこで言い淀んでみせると、「実は、お引き受けしようにもできない理由があるんです」

意を決したように鏑木を見据えた。

「理由？　どないな理由がある言うんや」

鏑木が、むっとした目で睨んで来る。

「総合商社化を目指して始めた新規事業の中に、苦戦を強いられている商売が、幾つかありまして、中には、舵取りを誤れば莫大な損失を覚悟で撤退の決断を迫られている事業もあるのです。実のところを申しますと、私自身、日々その対策に追われているというのが現状で……」

「新規事業は順調にいってたんとちゃうんか」

鏑木は血相を変えて迫ってきたが、

「浪速にとっては新規でも、大手総合商社にとっては既存のビジネスです。そこに食い込もうというのです。何もかもうまくいくとは限りませんよ」

滝本は怯《ひる》むことなく言葉を返した。

「うまくいくとは限らんて……。うまくいかなんだら、どないすんねん」

「ですから、私自ら陣頭に立ち、態勢の立て直しに必死になっているんです」

滝本は、決意のほどを示すべく、鏑木を見据えた。「どの商売も、業種が違えば業態も違います。取引先との日頃の関係、今日に至るまでの経緯も様々です。ましてや、かかる状況を打開するためには、迅速な対応が必要なんです。そこに商社経営のことなど、右も左も分からぬ人間が社長に就いたら立て直すことなどできません。そうなれば、浪速は四百億円もの損失を計上せざるを得なくなるんです」

「四百億！」

鏑木は信じられないとばかりに目を剝いた。

「そんなことになれば、浪速は元の赤字会社に逆戻りですよ。信用は失墜し、うまくいきつつある事業も駄目になるかも知れません。客離れも始まるでしょう。浪速が再び経営危機に陥れば、その後の展開次第では、いづみが処理しなければならない不良債権は、東亜相銀の五千億だけでは済まなくなるかも知れません。それでも頭取は、構わないとおっしゃるのですか」

愕然《がくぜん》として沈黙する鏑木に、滝本は止《とど》めとばかりに迫った。

21

鏑木は結論を出さなかった。

浪速の社長から増本グループへの転出を、改めて命ずることもなければ撤回もしなかった。

もちろん、自分が去ったところで、すぐに浪速が倒産するわけではない。見通しが立たぬ新規事業を整理し、堅調に推移している他の事業に経営資源を集中すれば、一時的に赤字に転ずることにはなっても、立て直しは可能だろう。しかし、自分を浪速に送り込み、莫大な運営資金をこれまで提供し続けてきたのは鏑木である。当然、責任追及の矛先《ほこさき》は鏑木にも及ぶ。

ましてや、五千億円もの不良債権を抱えている東亜相互銀行を、吸収しようという大仕事を控えているのだ。ここで、浪速の経営実態が明らかになれば、鏑木の判断を疑う人間が出てこないとも限らない。

鏑木は留任を認める筈だ。転出せよと命ずることなどできるわけがない。

滝本はそう信ずる一方で、以来ぷつりと音沙汰のなくなった鏑木の影に怯《おび》える日々を送った。

やらねばならぬことは山ほどあった。多くの新規事業が不振に陥っていることは、鏑木しか知らぬことだ。彼が、他言することはありえないとしても、この事実が表に出れば、早坂、豊島と、ここぞとばかりに経営手腕に疑義を挟む人間が出てくるに違いない。そうさせないためには、何としても今期の決算で目標通りの利益を確保してみせる他ないのだ。

ともすると絶望感に打ちひしがれそうになる滝本に、追い討ちをかけるような事件が起きた。

東亜相銀の自主再建を目指していた戸倉が、増本一族が手放した東亜相銀株を買い戻すために、時価一億円とされる沖田恒栄が所蔵していた絵画を、四十億円もの価格で購入していたことが発覚したのだ。

奇妙な話である。株がいづみに渡ることは、端から佐伯も承知していたのだ。佐伯が株を売却することを条件に、絵画を売りつけたとしたならば、いづみに対して背信行為を働いたということになる。今後の展開次第では、鏑木の目論見も、達成間近のところにきて御破算になりかねない。

問題はそうなった時に、鏑木がどういう行動を取るかだ。増本グループを立て直す必要がなくなったことで自分をこのまま浪速の社長に据え置くということも考えられるが、新規事業の不振を理由に、転出どころか、切って捨てられる可能性もある。

それが滝本の苛立ちに拍車をかけていた。

久しく音信を絶っていた鏑木から連絡があったのは、年が明け、年度末の決算期が二ヵ月後に迫った日のことだった。

「なんや、随分疲れた顔をしとるやないか」

指定された築地の料亭の個室に入ったところで、鏑木は言った。

「そろそろ決算が間近に迫ってきましたので……」

滝本は、鏑木の正面の席に座りながら答えた。

「例の不採算部門の件は、どないするつもりや。目処は立ったんか」

鏑木は、既に独酌で酒を飲み始めている。ぐいと盃を空けると、徳利を持ち、滝本に酒を勧めてきた。

意外だった。東亜相銀株を巡る絵画取引については、連日マスコミが大々的に報じており、騒ぎは大きくなる一方である。鏑木もさぞや頭を痛めているに違いなかろうと思っていたが、そんな気配は微塵も漂ってはこない。いや、むしろ上機嫌であるようにすら感ずる。

「状況を改善すべく、全力を挙げております」

滝本は盃を受けながら、当たり障りのない返事をした。

「商売は、見極めどころが肝心やで。人と金さえ注ぎ込めば、どないかなるいうもんとちゃう。損切りの決断を下すのも経営者に求められる資質やで」

滝本は軽く頷き、徳利を受け取ると、鏑木の盃を満たした。

「そやけどな、今はその時やない。今期の決算だけは、何としても黒字を確保してもらわな困るで」

鏑木は、じろりと滝本を睨む。

「と、おっしゃいますと」

「東亜相銀との合併な。この春にでも大蔵省の承認が出ることになったで」

鏑木はにやりと笑った。

「しかし、東亜相銀を巡っては、今しきりに――」

「あないなことは気にせんでもええ」

鏑木は目の前で手を振ると続けて言った。「あれは、沖田恒栄と、戸倉っちゅう番頭との間で行われた、普通の絵画取引や」

「普通のとおっしゃいましても、一億の価値しかないとされる絵画を四十億で購入するということは、一般常識から考えてあり得ない話です。とても通る話ではないでしょう」

「絵の値段なんぞ、あってないようなもんやがな。一万円でもいらんと言う人間がいる一方で、一億出しても欲しい言う人間もおる。それが絵画や。あの絵にしても、四十億出すだけの価値があると、戸倉いう番頭は考えたんやろ」

「ですが頭取。戸倉があの絵を購入したのは、佐伯さんが増本一族から購入した株を買い戻すためだったと言っているんでしょう」

余りにも乱暴な理屈だった。滝本は重ねて訊ねた。

「佐伯さんはそんな約束はしてへん。あくまでも自分は、沖田恒栄が所蔵しとる絵を売却しただけやと言うてはるのや。第一、そないな約束になっとったら、契約書の一つ、念書の一つも交わしておいて当たり前や。ところがそないなものはどこにもない。あるのは、四十億っちゅう金額を記した、絵の売買契約書だけや」

鏑木の自信に満ちた言葉からすると、この話には裏があるに違いない。

そう思いながら、黙って盃を傾けた滝本に向かって、

「それにやな、東亜相銀株を購入するに当たって、沖田恒栄が支払った金は、八十億やで。それが何でその半分の額で売却せなならんのや。それこそ一般的常識からすれば理屈に合わへんやろが」

鏑木は続けて言った。

「では、この一件は、大きなスキャンダルに発展することなく終わると」

「そう言うことや。もっとも、前にも話したが、戸倉がいろいろ悪さをしていたこと

はバレてもうてるからな。早晩、あの男は背任容疑で逮捕されるやろ。検事上がりの番頭が逮捕されりゃ、立派なスキャンダルには違いないがな」

「私は、今回の事件が、東亜相銀買収の思わぬ障害になるのではないかと案じておりましたが、どうやらその心配は杞憂《きゆう》に終わったようですね」

そう言いながらも、滝本は内心で身構えた。予定通りに事が運ぶということは、増本グループへの転出を、改めて命じてくるのではないかと思ったからだ。

「障害どころか、思わぬ追い風になったわ」

ところが鏑木は盃を口元に運ぶと、「株が沖田恒栄に渡ったことが周知の事実となったことで、俄に東亜相銀を手中に収めようと動き始めた銀行が出てきてな」

含み笑いを見せた。

「他行が触手を伸ばしてきてるんですか」

「積極的な動きを見せているのは外銀、それもアメリカ系の銀行でな。もちろん、邦銀大手の中にも動きはあるが、東京を基盤とする東亜の支店網は上位三行の既存支店と重なるところが多いよってな。それほど積極的とは言えへん。その点、外銀は違うで。首都圏に百の支店を一気に獲得できる大チャンスやさかいにな」

本来ならば、憂慮すべき事態であるはずだ。

対日貿易赤字に苦しむアメリカが、非関税障壁という言葉を使ってまで、あらゆる分野の市場開放を訴えるようになって久しい。もっとも彼らの言い分は、日本市場、あるいは商習慣の違いを理解していないことに起因する全くの的外れである部分が大半だが、アメリカに言われれば右往左往するのが日本の政策当局である。東亜相銀との合併を実現寸前のところで、外銀に攫《さら》われたとしても、何の不思議もないのだが、鏑木はそれを追い風だと言う。

「分からんか？」

そんな内心が、顔に出たのだろう、鏑木は目を細めながら訊ねると、「五千億の負債を抱えていてもやな、東亜には手に入れるだけの価値があると、計算高い外銀が証明してくれたようなもんやで。それをたった、八十億に僅かな手数料を乗っけただけの金で手に入れたとなれば、誰でも安い買い物やと思うやろ。これが誰も見向きもせなんだ物でみい。万が一、負債処理に長く苦しめられるようなことになれば、ワシは吊るし上げを食うてまうがな」

腹をゆすって、戯けた口調で言った。

「ですが、外銀というのは少し厄介ではありませんかね。外圧に弱いのは、大蔵省も同じです。万が一にでも、アメリカの金融当局が乗り出すようなことにでもなれば、既定の路線もひっくり返ってしまうことだってないとは言えないでしょう」

「そやから、そないなことにはならへんように、ちゃんと手は打ってあんのや」

酔いが回ったのか、あるいはよほど気分が乗ったのか、鏑木は口を滑らせた。

絵画事件の背景が透けて見えてくるようだった。

八十億円あまりで東亜相銀株を譲り受けられるということは、仲介した沖田恒栄にはほとんど仲介料が入らないということだ。一億円の絵画を四十億円で売りつけるような佐伯が、鏑木の野心を叶えるためのボランティアに等しいことをするわけがない。

おそらく、いや、まず間違いなく、戸倉から毟《むし》り取った四十億円は、佐伯の懐に、そして大蔵省に強い影響力を持つ政治家へと渡ったのだ。そしてその政治家とは、絵画事件の捜査をこれ以上進展させないだけの権力を持つ人間でもあるはずだ。つまり、今回の絵画事件は、裏金を捻出するため、そして自主再建を強硬に主張する戸倉を排除するために仕組まれた罠だったに違いない。

「とにかくな。どこをどう突こうと、大蔵省も東亜とウチとの合併はもはや動かせぬものということで動いとんのや。グループ会社が抱えていた五千億の不良債権も、ウチが引き受け、合併と同時に損失計上することにする。よって、君にもこれまで通り、浪速の社長をやってもらうことにする」

鏑木は、言葉の勢いのまま断言した。

「ありがとうございます。頭取のご厚情に報いるためにも、浪速をますます発展させることに全力を尽くします」

滝本は、座布団を外すとその場に手を突き頭を下げた。

「そやけどな、これだけは言うておく」

頭越しに聞こえてくる鏑木の口調に酔っている気配はない。「君の留任は積極的な選択やない。不振に陥った新規事業のことが、今の時点で表に出てきては困るんや。東亜との合併はワシにとっても、いづみにとっても社運をかけた一大事や。そこに、浪速に四百億もの危ない事業があると分かってみい。面倒なことになるさかいにな」

頭を上げた滝本を、鏑木は冷徹な目で見据えて来る。

「ええか。不振事業をどないするかは君の判断に任せる。手仕舞いするいうならそれでもええ。続けるのも勝手や。そやけどな、決算で赤を出すことは許さへんで。浪速は、常に黒字でなけりゃあかん。損切りするなら、それを補って余りある利益を挙げる。それが社長を続ける条件や」

おそらく鏑木は、自分がいづみに君臨する限りはと続けたかったに違いない。しかし、留任の確約、それにも増して条件に関する言質を取ってしまえばこちらのものだ。

「条件は、確かに承りました」

滝本は、上体を起こすと、「そこで一つ頭取にお願いがあります」

静かに切り出した。

「何や」

「早急に、追加融資をお願いしたいと思います」

「何でや」

鏑木は、盃をゆっくり口に運んだ。

「今期計画通りの利益を挙げるためには、堅調に推移しているファイナンス事業で収益を挙げるしかありません。不振事業が判明してから、貸付先の拡大には全力を挙げており、利益も上がっておりますが、ここにきて肝心の貸付資金が不足しているのです」

「資金を回せば、収益は確保できるんか」

「間違いなく……」

鏑木は、口をへの字に結んで暫く考えているようだったが、

「なんぼあれば、決算はできるんや」

と訊ねてきた。

「六百億ほど必要です」

「えらい大金やな」

鏑木は、視線を落とすと徳利を取り、自ら酒を注いだ。

「返すあてのない金は借りません。それも利子がついていづみに戻る金です。いづみが被る五千億の負債を一日でも早く、埋められるものとお考えになれば、少しは足しになるかと……」

「なるほど」

鏑木は、ふっと笑いを浮かべると、ぐいと盃を空け、「ええやろ。六百億、融通したるわ。せいぜい気張って、金を運んでこい」

杯洗に盃をつけると、それを滝本に差し出してきた。

22

首は皮一枚のところでかろうじて繋がった。

決算も今期目標とした利益を達成し、何とか乗り切った。

しかし、所詮は繕った数字であって、不振に陥った事業が片づいたわけではない。むしろ、潜在的負債が増した分だけ、今期産み出さなければならない利益金額のハードルを一層高めただけのことである。

金が金を産むのがファイナンス事業だとは言っても、元金に利子がついて戻ってきて初めて成り立つものだ。乞われるままに、闇雲に貸付先を拡大すればいいというわけではない。ましてや高利ででも金を借りようという先が相手である。当然、審査は慎重を期さねばならないのだが、時間をかけていたのでは数字の伸びが鈍ってしまう。

そこで滝本が着目したのが、大手消費者金融業、所謂サラ金への融資である。

G5での円高容認政策は、輸出依存型の企業が本業で上げられぬ利益を、備蓄してきた資産を運用して補うという行動を呼び、株価、あるいは土地価格の上昇という滝本が予測した通りの展開を見せつつあった。しかし、その一方で、同時に円高不況とも言われる現象を生み、製造拠点を海外に移す企業が続出。職を失う。あるいは減収を余儀なくされた人々の中には、当座の生活資金を得ようと消費者金融を頼る者が激増していたのだ。

しかし、活性化する市場を前に、消費者金融各社は、ほぼ例外なく肝心の貸付資金の調達に苦心していた。

元々、出資法と利息制限法が定める金利差をつき、高利で金を貸し、大きな利益を挙げるのが消費者金融である。ビジネスモデルそのものに問題がある上に、自分たちが貸せぬ相手に、しかも無担保に等しい条件で金を貸すのだ。資金を提供してやりさえすれば、確実に儲かるとは分かっていても、体面を重んじる銀行が資金を提供するわけがない。

そんな状況下に資金の提供を持ちかければ、結果は決まっている。融資先を探すのに苦労はなく、巨額の資金が大手消費者金融各社へと流れた。それも、年利一五％という高利でである。

もちろん、浪速のファイナンス事業は、事実上、銀行の迂回融資が多々あったにしても、実業に対してなされるものというのが前提である。浪速に融資したはずの資金が消費者金融に又貸しされたことが発覚すれば、銀行が黙っているわけがない。

だから、この一件は、外部へは他言無用の社外秘であると滝本は厳命し、融資に当たっては、期末にいったん融資金額を全額返済することを条件とした。決算関係書類に記載されなければ、いづみをはじめとする銀行も、そう簡単にこの事実を把握できないと考えたのだ。

だが、通常以上の高利を以てしても、増収増益のハードルは高い。

加えて、三月にいづみ銀行は、東亜相互銀行との合併を果たし、六月に行われた株主総会において、鏑木は会長、そしてついに経団連副会長に就任し、代わって豊島が頭取に就いたことが滝本の焦りに拍車をかけた。

鏑木が院政を敷き、いづみの絶対的権力者として君臨する構図に変わりはなくとも、銀行にとって最も力を持つのは頭取である。

赤を出せば、間違いなく豊島は自分を切りにかかる。もはや次はない――。

常に増収増益。部下に課したノルマは、滝本自らに課したノルマでもある。そして、そのハードルは年を追うごとに高さを増していく。

滝本は苦しんでいた。

そして、苦しみの中で、時間は恐ろしいスピードで過ぎていく。

滝本が青山の新社屋用地の取り纏めに動いている吉田を、桐子が京都時代と同じ名前で赤坂に開いた店に呼び出したのは、昭和六十年の中間決算を終えた直後のことだった。

「社長、もういらしてたんですか。お待たせしては申し訳ないと思って、少し早めに来たつもりだったんですけどね……」

『とうこ』は一《ひと》ツ木《ぎ》通りに面した雑居ビルの三階にある。カウンターに六席、四人掛けの上がり座敷があるだけの小さな店だ。入り口の引き戸を開け、カウンターに一人座る滝本の姿を見るなり、吉田がすっかり恐縮した声を上げた。

「時間より早く来たのは、こっちの勝手や。先に始めさせてもろうとるで」

滝本は、目の前に置かれたビールを目で示すと、「そや、あんたに紹介しとくわ。こちらは桐子さん言うてな。ワシが古くから馴染にしとる人なんや。京都で店をやっとったんやが、東京へ移ってきはってな」

桐子を紹介した。

「お初にお目にかかります。よろしゅうおたの申します」

吉田は、名刺を差し出し型通りの挨拶を返すと、

「東京で都言葉を聴くと新鮮ですなあ。それに落ち着いたええ店ですがね」

室内の様子を見渡しながら、満更お世辞とも言えぬ言葉を口にした。

「おおきに。どうぞこれを機にご贔屓に……」

桐子は笑みを浮かべながら、柔らかな声で応える。

「なんせ、初めての土地やさかいにな、吉田さんも東京に来たらせいぜい使《つこ》うたって

や」

「私なんかが出入りしてもええんですか。社長がプライベートでお使いされる店でしょう」

「かまへんがな。あんたも会合の席では、気の張るもんばっかり口にするやろ。その点、ここの店の料理は、気楽でええのや」

滝本が言うと、

「素人料理ですよって、お口に合うかどうかは分かりませんが、お気軽にどうぞ……」

桐子は改めて頭を下げた。

「そしたら、桐子はん、ワシらは奥の席に移るわ」

吉田をここに呼び出したのは、桐子を紹介するためではない。他に話があってのことだ。

滝本は立ち上がり、奥の上がり座敷に席を移すと、

「どうや。青山の土地の取り纏めは順調に行っとるか」

吉田が正面の席に座ったところで切り出した。

「該当区画の住人には、何度も話を持ちかけとりますが、正直、まだ売却に応じる人

間は出ておりません」

「なんや、まったく進展なしか。最初の話とえらい違うやないか」

滝本は、今までの口調を一転させ、不機嫌な声を漏らした。

「まあ、こういった話いうのは、最終的に損得勘定ですがね。買う方にしてみれば、安いに越したことはない。売る方はいくらでも高くと考えるもんなんですわ。実際に売却に応じた人間が出て、相場が決まる。動きが出るのはそれからですがね。ましてや、一等地に千五百坪とおっしゃるのですから、それなりの時間は見ていただけませんと……」

吉田は、桐子が運んで来たビールに口を付けた。

「そない悠長なことを言うてたら、土地が纏まるのはいつのことになるか分からんのとちゃうか。それこそ、あんたとこが持っとるビルを早々にぶち壊してもうてやな、駐車場か何かにして、環境を変えて、住み続けるのが嫌になるような状況にでもせなんだら、埒《らち》が明かへんやろ」

「周囲の家が次々に潰され、駐車場になる。その中にぽつんと一軒家が取り残されたら、そら、住んでられんいう気になるでしょうが……。しかし、社長。それもある程度、土地が纏まり始めてからのことだもんで」

吉田は困惑したように苦笑いを浮かべたが、「それに、ウチが所有してるビルは店子で埋まってまして、決して馬鹿にできない家賃収入がありますからね。追い出すのは簡単ですが、あまりに早くにビルを潰してしまうと、入る金も入らななってしまいます」

すぐに真顔になって言った。

「でかい物件を手がけている言うのに家賃が惜しいとは、みみっちい話やな」

「ウチは浪速さんのような大会社とは違いますからね。まして や、土地が動き始めたら、浪速ファイナンスさんから大金を借りならんのです。今回の土地は、確実に浪速さんが買ってくれることが決まってますから、デベロッパーにとっては楽な商売ですが、正直、代金が入るまでの資金繰りは大変ですわ」

滝本の遠慮会釈もない言葉が癇に障ったと見えて、吉田はいつになく強い口調で言う。だが、それこそが滝本が期待していた反応だった。

「そらそうやろな。あんたのとこも、早々にビルを潰してマンション建てて儲けようと思うて買うた土地や。買収資金もぎょうさんかかったやろうし、資金繰りの目算も狂うてまうわな」

滝本は、吉田にビールを勧めながら、声を和らげた。

「その通りですがね。もちろん、浪速さんへの売却金額は、借り入れ金に、金利とウチの利益も上乗せしたものになるとは言え、巨額の金がまるまる寝てしまうことに変わりはありませんもんで。だから、ウチとしても、早くにこの案件を纏めてしまうように越したことはないんです。社長には、その辺の事情もご理解いただきたいと……」

吉田は恐縮したように、グラスを差し出し、軽く頭を下げた。

「土地が纏まるまで、吉国さんが資金負担をするのは辛いやろうなあ。あんたのとこも、他にも開発を手がけとる物件もあることやしなあ」

「実際、他の事業を考えれば、資金繰りは大変ですよ。現在、先に手がけた案件とは別に、伊勢でもリゾートの開発を手がけておりますし、東京でも二つほど、マンションの開発を行ってますもんでね。これだけの案件を同時に進められているのも、浪速ファイナンスさんから優遇レートで資金を調達できているからですが、いくらあっても足りないのが金というものでして……」

「そっちの方は、早くに儲けになりそうな目処はあるんか」

「ええ、伊勢の方の上物は完成目前ですし、マンションもすでに土地は纏まっています。立地は申し分ありませんし、まず売り損じることはないと思いますが……」

「そうか……」

滝本は、考えを巡らすように言葉を切ると、「そしたら、どうやろ。取りあえずあんたが持ってる土地に建ってるビルを、一つでも一旦、浪速が買うたろか」

滝本はふと思いついたような振りをしながら言った。

「えっ？」

「青山の土地の取り纏めは、まだだいぶ時間がかかりそうや。金がなんぼあっても足りんいうなら、浪速不動産が買うたれば、なんぼか足しになるやろ」

「そら、有り難い話ですが……。しかし、浪速さんがあの土地を引き取れば、逆に、千五百坪が纏まるまで、金が眠ることになりますけど、いいんですか」

そんなことは言われずとも分かっている。しかし、問題は今期の決算をいかに増収増益で終わらせるかだ。目前のハードルを乗り越えられなければ、次はない。

「もちろん、条件はあるで」

「と、おっしゃいますと」

「買値は十億。それを浪速不動産を介して、吉国さんが買い戻すという契約を結んで欲しいんや」

「ちょっ、ちょっと待って下さい」

吉田が慌てて滝本の言葉を遮った。「買い戻すって、それじゃ結果は同じですがね」

「買い戻さなんでええのや」

滝本があっさり返すと、

「はあ？」

吉田はさっぱり理由が分からないとばかりに、目を丸くした。

「その代わり、買い戻しをせなんだということで、延滞損害金五十億を支払って欲しいんや」

「社長、本気で言っているんですか。十億貰って五十億支払う。それだけじゃありませんよ。売買には三％の仲介手数料がかかりますから、三千万を浪速不動産には払わなければならない。そんな条件を呑んだら、ウチは都合四十億三千万もの損をこいてしまいますがね」

滝本が持ちかけたのは、まったくの架空売買そのものである。十億円のビルを買えば、自己資金で買ったものでない限り貸借対照表上は負債項目に載せなければならない。しかし、そこに延滞損害金として五十億の入金があれば、損益計算書上では四十億三千万円の雑利益が計上できる。

もちろん、一般常識からすれば、実際の取引金額を遥かに上回るペナルティが発生することは、あり得ない話ではあるが、そう記した契約書を交わしてしまえばそれまでだ。

「もちろん、見返りは用意するがな」

気色ばむ吉田に向かって、滝本は平然と言ってのけた。

「こんな大金の見返りって何ですか」

「これから先、吉国さんが手がける不動産事業への融資。それに加えて、今手がけている物件も含めて、あんたんとこの開発物件の販売は、すべて浪速不動産が面倒みたる。それでどないや」

えっ、という顔をして動きを止めた吉田に向かって、滝本は続けて言った。

「あんたは資金の心配をすることもなければ、売り損じの心配もすることはない。どや、それなら悪い話やないやろ」

当たり前である。デベロッパーにとって、開発物件が作る先から完売確実、販売に不安がないとなれば、これ以上楽な話はない。ましてや、資金調達に苦心することもないのだ。もちろん、販売を引き受ける側にとっては、吉国が抱えるリスクをそのまま負うということになるが、今期の売り上げ予測を見る限り、増収増益を果たすためには純利で四十億円がどうしても不足しそうなのだ。こうでもしなければ、数字は揃わない。それに、浪速不動産とて売り物あっての商売である。取り扱い物件が増えること自体は好ましいことで、いかに売るかは営業の現場が考えることだ。

「なるほど。それなら、分からん話でもないかもしれません」

果たして吉田は目元を緩ませた。

「ただし、買い戻しをせなんだという以上、吉国さんには青山の一件からは手を引いてもらうことになるで。かと言って、ウチには取り纏めのノウハウはないよってな。代わりにしっかり働いてくれる業者は用意してもらわなならんようになるが――」

滝本は吉田の目をしっかと見据えながら、念を押した。

23

吉田が、新たに青山の新社屋用地の取り纏めに動く業者として、大阪の京華《けいか》エステートの社長、佐久間《さくま》譲治《じょうじ》を伴って、東京本社を訪れてきたのは、年が変わった昭和六十一年五月のことだった。

「さすがは伝統ある浪速さんの社長室ですなあ。趣言いますか、風格と言いますか、なんや、こう、気圧《けお》されるものがありますわ」

初対面の挨拶を終え、ソファに腰を下ろしたところで佐久間は部屋を見渡しながら言った。

五十歳そこそことい ったところか。がっしりと張った肩、短く刈り込んだ頭髪が押し出しの強さを感じさせる。

「物は言いようやな。辛気臭いと言えば、貶《けな》すことになるが、趣、風格と表現すれば褒め言葉や。まさに不動産屋の物件紹介の手本みたいやな」

滝本は苦笑を浮かべた。

「こりゃ、いきなり手厳しい」

佐久間は、短い頭髪に手をやると、「私らの商売は、短所よりも長所を前に押し出さなんだら、売れるもんも売れしません。それに、仕入れた物件をどんだけ早く捌くかが、利幅を大きく左右します。そやさかいに、どないしても、売り文句に考えが行ってしまうもんなんですわ」

快活な笑い声を上げ、茶を啜った。

「商売は何でもそうや。店を広げるのは簡単やが、最も大切なのは、いかに早く儲けを出すかや。青山の案件も、ただ浪速の新社屋を建てるいうだけのことやない。ホテル、会議場、ブランドショップが入るでかい複合ビルを建てて、そこから継続的に収益を挙げるいう目的があるんや。事は、これからの浪速の収益に関わる問題やさかいになまったり時間をかけている余裕はあらへんで」

「京華さんを私共の代わりにと考えましたのは、まさに、土地の取り纏めという点におきましては、抜群の実績があるからでして……」

吉田が口を挟んだ。

「あんたのところは不動産いうても、建物売買よりも、土地売買が主力と吉田さんから聞いとるが」

「はい。建物の方は中古物件の仲介が主で、あまり手広くはやっとらへんのです」

「ほう、それは何でや」

滝本は、重ねて訊ねた。

「地べたを纏めて、上物建てていう商売は二重に儲けがでますけど、一年、二年、余計に時間がかかるからですわ。その間大金が眠ることにもなりまっしゃろ。それに、吉国さんのようなデベロッパーを前にしてこないな話をするのも何ですが、上物売ろう思うたら、看板がある大手さんにはかないまへん。その点、地べただけなら、現物を持ってさえいれば信用も看板もありませんからね。投下した資金の回収も、早うに済みます」

「それも一つの考え方やな。大きな資本をかけて、でかい儲けを挙げる商売もあれば、薄利多売で稼ぐっちゅうのもありや。しかし、今回の案件は、そう簡単に思惑通りに行かへんのとちゃうか。なんせ、あと千坪やで」

業者が代わったところで、条件は同じである。

もちろん、京華にも吉国同様、取り纏めに要する資金は、浪速ファイナンスを通じて融資を行うつもりだが、金利の支払いが猶予《ゆうよ》されるわけではない。最終的に融資の総額に金利と利益分を上乗せし、浪速に売却するにしても、それまでの資金繰りが楽である筈がない。

「ウチが手がけている土地の取り纏めは、何もこの物件だけではありませんがな。大阪、東京を中心に、幾つも案件を抱えてますのや。浪速ファイナンスさんが、吉国さんに行ってきた融資と同じ条件で、資金を回してもらえたら、充分会社は回ります」

佐久間は、身を起こすと自信満々の態で胸を張った。

「えらい自信やな」

滝本は再び苦笑を浮かべると煙草を銜え、「地べたを纏める商売っちゅうのは、そないに儲かるもんなんか」

皮肉を込めた言葉で訊ねた。

「立派な看板を掲げた一流企業が分譲する物件でも、肝心の用地がきっちり地上がらなんだら、上物は建ちません。ところが、土地の持ち主は、誰しも思い入れがあります。そう簡単には手放さんもんです。誰もが欲しい思う、筋のええ土地であればあるほど、地上げは難しゅうなるもんですわ。それを纏めた暁には、そら、儲けも大きゅうなりまんがな」

「君らの存在なくしては、ビルも家も建たん。つまり企業にしてみりゃ君らの存在は必要悪。逆立ちしてもでけん仕事をしてもろうた分だけ、上がる利鞘《りざや》は大きいっちゅうわけか」

「そうでなければ、誰が好き好んで汚れ仕事を商いにしますかいな」

要は、吉国にも増して、苛烈な手段を取ることも辞さないと佐久間は言いたいらしい。

滝本は黙って頷いた。

「大看板を掲げている一流企業では、絶対にできへん仕事をやってのけるのがワシらです。桜の下には死体が埋まっている言いますが、ぴかぴかのビルや住宅の地べたには、ほぼ例外なく、人の欲や恨み辛みがぎょうさん埋まってるもんですわ」

佐久間は、目元を緩ませる一方で、瞳の中に冷たい光を宿した。

「その点から言えば、この案件も、地上げが済むまで難儀するはずや。ましてや、資金は浪速ファイナンスからの融資。金利もかかる。売却代金にはそれらを上乗せすれば充分間尺に合う商売にはなるやろが、あんたの話を聞いてると、肝心の売渡し代金が気になってくるわ。なんぼ、難しい仕事をこなしてもろうたと言うても、法外な値段では困るで」

口調こそ冗談めかしたが、滝本は半ば本心で言った。

「最初に釘を刺されると、何と答えていいのか困ってまいますがな」

佐久間は、再び茶碗を手に取ると、「正直、今の段階で、売値の話をされても困ります。なんせ、ここに来て、株価に連動するように土地、特に東京の地価は目に見えて上昇していますやろ。この傾向が続くようだと、物件の持ち主もそう簡単に交渉には応じへんようになる。地上げも想像以上に難しくもなれば、必要となる資金も当初の予想を遥かに上回るものになるんやないかと心配しとんのですわ」

ずっと、音を立てて茶を啜った。

プラザ合意以来、株、土地の値上がりは緩やかな上昇基調で推移していたが、このひと月ばかりの間に株価は一気に二千円もの急騰ぶりを示していた。それにつられる形で、不動産価格も俄に上昇する気配が見られる。

かねてより滝本が睨んでいた通り、行き場を失った金の投機への流れが急激に加速し始めたのだ。

「地上げにかかった資金と金利をベースに、あんたとこが利益として何割乗せるかだけでも決めておけんか」

「地上げにかかる手間は、物件によって異なりますよって、やってみんことには分かりませんよ」

佐久間は、静かに茶碗を置くと、「もっとも、地上げが済んだはええが、請求書を見てびっくりいうのでは、社長も困るでしょう。ワシらにしても、金の支払いで揉めとうありません」

何か考えがあるように、滝本の目を見詰めてきた。

「ほな、どないする言うんや」

「どないでっしゃろ。一定の土地が地上がった時点で、随時浪速さんに引き取ってもらういうことには行きまへんやろか」

「そら、困るで。浪速本体、あるいは浪速不動産、いずれの会社が引き取るにしてもやな、上物を建てる目処がついている土地ならともかく、地上げ中で寝かせるしかない土地を買うたら、ウチに恒常的な負債が発生することになってまうがな」

滝本は、即座に否定したが、

「そうはならへんようにしたらええんですわ」

佐久間は平然とした面持ちで言う。

「どないしたらそないなことになるんや」

「土地代金を手形で決済するんです」

「期限が来れば決済せなあかんのが手形やで。どちらにしても、金は払わないかんことに変わりはないがな」

吉国にしても、背後で怪しい組織と繋がりがあることは承知していたが、京華はそれ以上。いやことによると、そのものずばりであるかも知れぬと滝本は思った。

なぜなら、闇の組織に繋がる人間たちが、喉から手が出るほどに欲してやまないのが一流企業の手形であるからだ。

裏書きをした上で支払いに充てるも良し。割引されることを承知の上ならば、即座に現金に換えることもできる。いや、そればかりではない。振り出した相手の企業が信用を与え、実際に取引を行った証にもなる。一流企業の手形を得るメリットは、現金決済以上のものがあると言っても過言ではないのだ。

自ら汚れ仕事を請け負うのが仕事と言っているような会社に、手形を発行しようものなら、どのように使われるか分かったものではない。

滝本は間髪を入れず断った。ところが佐久間は、

「一つお聞きしますが、社長はここ最近の地価の動き、どのように捉えていらっしゃいます」

と訊ねてきた。

「本業の不振を埋めようと、ため込んだ資金を投機に回して利益を出そうとしているのが今の企業や。ここに来て株価に引き摺られるように、地価が急に値を上げ始めたのはそのせいや。この傾向は、簡単には収まらん。株価、地価共、今後ますます急速に上昇していくやろな」

滝本は、それがどうしたと言わんばかりの口調で答えた。

「ウチとこが、吉国さんが持っている青山の土地を、二百五十億円で買います。浪速さんには、それを例えば二百七十億円、六ヵ月の手形で買うて欲しいんです」

「そやから、それはできへん相談や言うとるやろ」

滝本は、苛立った声を上げた。しかし、佐久間は表情一つ変えずに続ける。

「ウチは、それを三百億、六ヵ月の手形で買い戻します。それを再度、浪速さんに三百三十億円で買い戻していただく。残り千坪が地上がるまで、それを繰り返すんです」

「えっ……」

思わず声を漏らした滝本だったが、佐久間が何を意図しているかは、すぐに分かった。

二百五十億円で吉国が持つ青山の土地を浪速に二百七十億円で転売した時点で、京華は二十億円の転売利益を手にする。それを決済期限内に三百億円で買い戻し、今度は三百三十億円で売ったとなれば、京華の手元には六百億円の手形が残る。それを買い取りに回せば、多少の金額を割り引かれたとしても、莫大な資金が手に入るというわけだ。

これが、京華だけにメリットのある申し出かといえば決してそんなことはない。浪速、いや少なくとも滝本にとっても魅力的に過ぎる話であるのだ。

なにしろ、最初の売買で三百億円の売り上げと、三十億円もの利益が計上できるのだ。もちろん、それを買い戻すのだから支払い義務が生じるが、それを更に上回る金額で京華が買い戻せば、新たに売り上げが立つ上に、更に大きな利益が上がる。手形発行から決済までのタイムラグを使った錬金術。まさに麻薬である。

もっとも、この仕組みが成り立つのは、あくまでも売買の対象となる土地が値上がりを続けるのが前提だが、少なくとも首都圏の土地相場の動きから見て、地価が上昇傾向にあることは紛れもない事実である。仮に、どこかの時点で、京華に不測の事態が起きたとしても、その時点で地価の値段が手形の額面以上になっていれば、決して損はしない。

「あんた、なかなかおもろいことを考えるな」

滝本は一瞬目元を緩めたが、すぐに真顔になって、「そやけどな。こないな仕組みが成り立つのは、土地が右肩上がりに上昇し続けることが前提や。逆に下がり始めたら、どないもこないもならんようになってまうで」

と、敢えて否定的見解を示した。

「売却価格の上乗せ分を地価の上昇率に連動させれば、まず損にはならんはずです。それに、最終的には浪速さんが買わはる土地ですし、地上げが済むまで、資金を眠らせたままにしておくのは、双方にとってもったいない話かと……」

「なるほどなあ。それもそうやな」

滝本は、吉田に視線を転じ、「吉国さんも京華さんに土地を売却することに異存はないんか」

と訊ねた。

「私共にとっては、降りた案件です。後は京華さんにお任せします」

すでに合意の話だったのだろう。吉田は頷きながら答えを返してきた。

「よっしゃ。ならそうしよう」

滝本は、ぐいと身を乗り出すと、「もっとも手形は割り引いて現金化するつもりやろうが、どこでもええというわけにはいかんで。ウチの振り出した手形が他所に流れるのはまずいさかいな。割引は浪速ファイナンスに限る。それが条件や」

改めて念を押した。

どうせ、京華に振り出す手形は浪速が決済しなければならないものだ。ならば、浪速ファイナンスに持ち込ませれば、秘密が守れる上に、割引料が手に入る。

「分かりました。異存はありません」

佐久間は、満足気な笑みを浮かべると、滝本の視線から目を逸らすことなく頭を下げた。

24

京華との間で土地の売買を繰り返す。この仕組みがうまく機能すれば、利益の捻出は今まで以上に楽になる。

となると専念すべきは、浪速における己の立場をいかに早く不動のものとするかである。

東京代表の柳田が電話をかけてきたのは、滝本が東京から大阪に戻った直後、部屋に向井を呼ぼうと、インターフォンに手を伸ばしかけたその時のことである。

「社長、厄介なことが起きました」

武蔵コンピュータシステムを始めとする、不採算事業が発覚した際には、大規模な粛清人事を行った。現場担当者はもちろん、役員の中にも会社を追われた者が少なからずいたのだが、柳田には青山の土地を含め、他言無用の案件を任せていたこともあって、留任を許していた。

それでも、二度目はないと肝に銘じているのだろう。以来柳田は、どんな些細なことであろうとも、逐一滝本に報告を欠かさない。

「なんや。何が起きた」

滝本が問いかけると、

「嘉村《かむら》の株が、買い占められているらしいのです」

柳田は緊張した声で告げた。

「嘉村って、嘉村通商のことか」

嘉村通商は、東京に本社を置く、東証第二部上場の繊維専門商社である。浪速は三割強の株を保有している上に、二名の役員を送り込んでおり、事実上傘下にある企業ではあったが、経営トップは創業家出身者である。多角化を図ることもなく、業績は可もなく不可もない。堅実な経営を続けてきた会社で、株を買い占めたところでさしたる旨味があるとは思えない。

滝本は怪訝な声で訊ねた。

「そうです」

柳田は、答えを返して来ると、「買い占めに入っているのは、アマミの飯倉《いいくら》です」

続けて言った。

「ほんまか」

もちろんその名前は知っている。

アマミの飯倉は、二十代の頃にたった一人で始めた金融業を足がかりに、莫大な財を成した人物だ。もっとも、金融業といっても、所謂『街金』に分類されるものではあるが、その中にあっては全国最大手だけに、その評判は何かと耳に入ってくる。容赦ない過酷な取り立て手法、そして何よりも、金の匂いがするものには、どんなものにも食らいつくところから、飯倉が奄美《あまみ》大島《おおしま》の出身であることに重ねて、『ハブの飯倉』の異名を取り、活動範囲は、地上げから、仕手戦と幅広い。

「株式相場全般が値上がり基調にあるとはいえ、ここのところ、嘉村の株価が急激に上昇していたので、気にはなっていたのですが……」

柳田は、語尾を濁した。

「そないなことはどうでもええ」

滝本は一喝すると、「買い占められた言うて、どんだけの株を飯倉に握られたんや」

勢いのまま訊ねた。

「嘉村の発行済み株式一千万株のうち、二百万株程度はすでに握られていると思われます」

「ウチの保有株式数はなんぼやった」

「関連会社保有を含めて三百三十万株。嘉村一族が百七十万株ほどございます」

「えらい買いっぷりやな。ウチと嘉村さんのところを併せりゃ五百万株。発行済み株式の五〇%を押さえているとは言え、それでも二〇%といえば、個人筆頭株主に飯倉が躍り出たことになるで。もっとも、流通株の残り全てを手に入れてやっと相子や。なんぼ飯倉でもそないなことができるわけがないやろがな」

「お言葉ですが、社長。飯倉のことです。そんなことは百も承知でしょう。なのに、こうして嘉村株の買い占めに走っているのはなぜでしょう。私には狙いが理解できないのです」

そこを問われると、滝本も考え込んでしまう。

発行株数が少なく、浮動株比率が低い企業の株は、価格操作が容易である分だけ仕手筋に狙われ易い。嘉村の場合、まさにその条件に見合っていることは事実だが、同じような上場企業は他にもある。

値を吊り上げるだけ吊り上げて、高値で売り抜け利鞘を稼ごうとしているのか、あるいは、他に目的があるのか。ハブと異名をとる男のすることだけに、滝本にも狙いは測りかねるものがある。

「それは今の時点では何とも言えんが、念を入れておくに越したことはない。早々にウチの嘉村株の持ち分を十万株ほど増やして様子を見よう。そうすれば、一族の持ち分と併せて、五百十万株、総発行株式の五一％が確保できる。絶対的経営権をこちら側が握った上で、飯倉がどないな動きをするかで狙いが分かるやろ」

「分かりました。早々に市場で買い付けることに致します……」

「なんせ相手が相手やさかいな。半分以上を押さえた言うても、これ以上株を持たれて、役員でも送りこまれりゃ、厄介なことになる。動きには注意を怠らんこっちゃ」

滝本は電話を切ると、すぐさまインターフォンのボタンを押し、

「向井君を呼んでくれ」

と秘書に命じた。

程なくして現れた向井に、

「このところの株価、地価の動き、どない思う」

と滝本はおもむろに訊ねた。

「はっ……。以前社長がおっしゃられたように、株価の上昇に伴って、地価も目に見えて上昇を始めております。特に、企業においては、資産運用は株でという動きが顕《けん》著《ちょ》に表れており、早晩この余波は一般にも広く波及するものと思われます」

向井は、滝本の前に立ち、心服したように答えを返す。

「金が金を産む時代が来る。借金してでも、株を買うたら儲かる。不動産を持てば、寝てても儲かる時代が来るで。もっとも借金してでもいうても、信用、担保のない人間に銀行は金を貸さん。かといって、人が儲ける様を指を銜えて見ておられへんのが人間や。高利でも金を用立ててくれる先には、わんさか人が寄ってくるようになるやろ」

「浪速ファイナンスのようなノンバンクへの需要は今後ますます高まると思います」

「そやけどな、浪速ファイナンスの金も、その多くが銀行からの借金である限り、貸せば貸すほど儲かるのは銀行や」

「その通りです」

「でかく儲けよう思うたら、自前の金を元手にするに限るわな」

「はい」

「そこでや。転換社債を発行したらどないかと考えとるんや」

滝本は、切り出した。

「なるほど、新株引受権付きの社債を発行するわけですね」

「株価が停滞基調にある時に、そないなことをやれば、一株あたりの価値が下がる。当然、株主からは文句が出るやろが、右肩上がりにある今は絶好のチャンスやで。ウチにとっても、新株と引き換えに返済義務もなければ、金利もつかん資金を得られるわけや。貸借対照表上も資産の部に入る金や。これが実現すれば、財務体質も強固になるし、今以上に利幅も大きゅうなるやろ」

「おっしゃる通りです」

向井は即座に同意の言葉を返してきたが、「しかし、問題は引き受け先ですね。ウチの大株主といえば、早坂一族にいづみ。もっとも、早坂一族が新株を引き受けるとは思えませんが、いづみは引き受けるでしょうね」

滝本の狙いが資本を増大させることで、浪速物産におけるいづみの株式保有比率を低下させることにあることを元より承知の向井は、懸念を示した。

「もちろん、いづみは引き受けるやろ。だがな、それでも銀行が持てるのは五%までと法律で決まっとる。そやし、銀行ならいづみ以外ならどこでもええ。同じく五%持ってくれるいうならそれでもええ。とにかく、広く浅く、可及的すみやかに、資本金を増額し、いづみの影響力を分散させることや。特に鳳味亭にはできる限り多くな」

有無を言わさぬ口調で滝本は命じると、「それからもう一つ頼みがある」

向井に向かって改まって言った。

「何でしょう」

「浪速ファイナンスも増資しようと考えとるんや。こっちは上場を前提とした、第三者割当増資や」

滝本は言った。

「なるほど。浪速ファイナンスの資金需要は、今後ますます増大するでしょうから ね。今までのように、いづみを始めとする銀行からの融資で資金を賄っていては、利益の一定比率が金利の支払いで消えてしまいます。上場によって調達した資金には金利はかからない。従って利益率もぐっと高まるというわけですね」

「浪速本体の増資と同じ理屈や。金貸し稼業は鵜飼《うか》いと同じや。鵜はせっせと魚を捕って、生かさず殺さず。おこぼれを褒美として貰うだけや。所詮儲けるのは飼い主やで。鵜が捕った魚を全部平らげ、肥え太ろう思たら、飼い主の手を離れるしかないかな」

「しかし、浪速ファイナンスの業績、市場動向から考えますと、こちらもいづみが上限まで引き受けると言い出すのではないでしょうか。もちろん割当価格が幾らになるかにもよるでしょうが、未公開株が上場と同時に、途方もない値がつくことは充分に考えられますからね」

浪速本体の増資も、浪速ファイナンスの第三者割当増資も、問題はいづみの処遇にあることに変わりはないと言いたげに、向井は困惑した表情を浮かべた。

「そうやろなあ」

滝本はにやりと笑った。「なんせ、この十月に実施されるＮＴＴ株の競争入札では、一株八十万円からの値がつくいうのがもっぱらの予想や。そやけどな、競争入札の怖いところは、相手より一円でも高い値をつけた者が勝ついうことや。予想が八十万なら、八十一万の値をつける者がでるかも知れん。そないな心理が働けば、値はどんどん吊り上がる。ましてや、公共事業の入札と違うてNTT株の入札に談合はない。とてもそんな値段では収まらへんやろ」

「財政再建の切り札とされていますからねえ。上場時の株価は、入札価格を基準とした、謂わば競りで決まるわけです。二次、三次の放出もあることですし、国が損をさせるわけがないという心理も働けば、市場に放出される株数も限られたものとなるでしょうから、更に高額な値になるでしょう。私が、未公開株に途方もない値がつくと申しましたのは、まさにそのNTT株のことが念頭にあったからです」

「株でしこたま泡銭《あぶくぜに》を手にしたいう人間が、周りにぎょうさん出てきてみい。誰でも株に興味を持つようになるがな。浪速ファイナンスにしても、上場するには絶好のチャンスやで」

「だからこそ、いづみだって第三者割当を積極的に引き受けようとするんじゃないでしょうか」

向井は改めて言う。

「こっちは、浪速の取引先、従業員への割当比率を多くする言えば、理屈は通るやろ」

滝本は簡単に片づけた。

「なるほど、妙案ですな。値上がり確実な未公開株を与えてやると言えば、取引先、従業員ともに飛びついてくるでしょうし、上場時の値段は企業業績を反映するものです。仕事の励みにもなるでしょうからね」

向井は、顔をほころばせた。

「第三者割当の株数は五万株。それをなんぼで割り当てるかは、今後の市場動向にもよるが、五千円以上にはしたいわな」

「それはいかに何でも高過ぎはしませんか。浪速ファイナンスの株は、額面五百円。五千円では十倍ですよ」

「NTT株は額面五万円。それが、今でも十六倍の値がつくと言われとんのやで。無理なことあるかいな」

「しかし、NTTの場合は、極めて特殊な条件が揃っている株です。それが浪速ファイナンスにも当て嵌まるとは――」

「企業の業態も違えば、条件も違う。そないなことは百も承知や。だがな、相場っちゅうもんは、業態や企業体質で決まるもんやない。場の雰囲気、流れ、思惑が価格を決めるんや」

皆まで聞かずに言葉を遮ると、口を噤《つぐ》んだ向井に向かって、

「まあ、五千円が高いか安いかは、NTTの株になんぼの初値がつくか。それ以降の株式相場がどう動くかで、早晩結果が出るやろ。そやけどな、最低でもそのくらいの値がつかんと、ワシらにとってもおもろうないで」

滝本は続けて言った。

「私たちにとっても……とおっしゃいますと」

向井は怪訝な顔をして訊ねてくる。

「分からんか」

滝本は、向井の顔を見ながら訊ね返すと、「君も、ワシも浪速物産の役員。第三者割当株を買う権利はあるということや」

さらりと言ってのけた。

つまり、いづみの浪速物産株の保有比率を減少させるのが増資でならば、自己保有比率を高めるのも増資で行うというわけだ。それを可能にするためには、役員連中にも、美味い汁を吸わせてやらなければならない。

向井の眉がぴくりと動いた。目元が僅かに弛緩する。

「分かったら、早々に二つの案件を実現する算段に入るこっちゃ」

滝本は命じると、背凭れに体を預けた。

（下巻につづく）

本書は二〇一二年七月、小社より刊行された単行本を上下に分冊したものです。

|著者| 楡 周平　1957年生まれ。慶應義塾大学大学院修了。米国企業在職中の1996年に出版した初の国際謀略小説『Cの福音』(角川文庫) がベストセラーに。翌年から作家業に専念、綿密な取材と圧倒的なスケールの作品で読者を魅了し続けている。著書に『ミッション　建国』(産経新聞出版)、『象の墓場』(光文社)、『プラチナタウン』(祥伝社)、『レイク・クローバー』(講談社)、『陪審法廷』『宿命　ワンス・アポン・ア・タイム・イン・東京』『血戦　ワンス・アポン・ア・タイム・イン・東京2』(すべて、講談社文庫) など多数。

修羅《しゅら》の宴《えん》(上)

楡《にれ》 周平《しゅうへい》

2015年2月13日第1刷発行

発行者──鈴木　哲
発行所──株式会社　講談社
東京都文京区音羽2-12-21　〒112-8001
電話 出版部 (03) 5395-3510
販売部 (03) 5395-5817
業務部 (03) 5395-3615

Printed in Japan

講談社文庫
定価はカバーに表示してあります

デザイン──菊地信義
本文データ制作──講談社デジタル製作部
印刷───豊国印刷株式会社
製本───株式会社大進堂

ISBN978-4-06-293030-7

講談社文庫刊行の辞

二十一世紀の到来を目睫に望みながら、われわれはいま、人類史上かつて例を見ない巨大な転換期をむかえようとしている。

世界も、日本も、激動の予兆に対する期待とおののきを内に蔵して、未知の時代に歩み入ろうとしている。このときにあたり、創業の人野間清治の「ナショナル・エデュケイター」への志を現代に甦らせようと意図して、われわれはここに古今の文芸作品はいうまでもなく、ひろく人文・社会・自然の諸科学から東西の名著を網羅する、新しい綜合文庫の発刊を決意した。

激動の転換期はまた断絶の時代である。われわれは戦後二十五年間の出版文化のありかたへの深い反省をこめて、この断絶の時代にあえて人間的な持続を求めようとする。いたずらに浮薄な商業主義のあだ花を追い求めることなく、長期にわたって良書に生命をあたえようとつとめるところにしか、今後の出版文化の真の繁栄はあり得ないと信じるからである。

同時にわれわれはこの綜合文庫の刊行を通じて、人文・社会・自然の諸科学が、結局人間の学にほかならないことを立証しようと願っている。かつて知識とは、「汝自身を知る」ことにつきていた。現代社会の瑣末な情報の氾濫のなかから、力強い知識の源泉を掘り起し、技術文明のただなかに、生きた人間の姿を復活させること。それこそわれわれの切なる希求である。

われわれは権威に盲従せず、俗流に媚びることなく、渾然一体となって日本の「草の根」をかたちづくる若く新しい世代の人々に、心をこめてこの新しい綜合文庫をおくり届けたい。それは知識の泉であるとともに感受性のふるさとであり、もっとも有機的に組織され、社会に開かれた万人のための大学をめざしている。大方の支援と協力を衷心より切望してやまない。

一九七一年七月

野間省一